시차

배해률

작가소개

## 배해률

1992년 봄, 속초에서 태어났다. 〈7번국도〉, 〈비엔나
소시지 야채볶음〉, 〈여기, 한때, 가가〉, 〈서울 도심의
개천에서도 작은발톱수달이 이따금 목격되곤 합니다〉,
〈사월의 사원〉, 〈목련풍선〉 등의 희곡을 썼다.

## 일러두기

극 사이사이 묘사되는 참사의 순간들이 사실적이거나 구체적일 필요는 없다.

〈시차〉는 배해률이 DAC Artist로 선정되어 집필한 희곡으로, 2024년 10월 29일부터 11월 16일까지 두산아트센터 Space111에서 DAC Artist 프로그램으로 초연된다. 『시차』의 내용은 초연의 공연대본과 일부 다를 수 있음을 밝힌다.

**DAC Artist 배해률**
**2024 연극 〈시차〉 초연 프로덕션**

| | |
|---|---|
| **기획 · 제작** | 두산아트센터 |
| **작** | 배해률 |
| **연출** | 윤혜숙 |
| **드라마터그** | 김지혜 |
| **출연** | 우미화, 정대진, 허지원, 이주협, 신지원 |
| **조연출** | 김성령 |
| **프로덕션 무대감독** | 이묘수 |
| | |
| **무대 디자인** | 김혜림 |
| **조명 디자인** | 성미림 |
| **음악** | 박소연 |
| **음향 디자인** | 임서진 |
| **영상 디자인** | 강수연 |
| **영상 · 음향기술감독** | 이현석 |
| **의상 디자인** | 김미나 |
| **분장 · 소품 디자인** | 장경숙 |
| **접근성 매니저 · 자막해설 디자인** | 이청 |

# 차례

## 등장인물

최윤재
박정현
박현오
최희영
신세민
사장 형
최세민
윤지수
김선아
반장
조문객
그 외

**무대**

땅에 남은 자국들
그 사이를 경유하는 길들

( 1부. 1994년 )

최윤재의 상상, 혹은 기억, 혹은 상상이면서 기억 속이다.

쌀쌀한 밤, 캄캄한 골목. 누군가 쓰러져있다.

또 다른 누군가가 골목으로 들어서더니, 쓰러져있는 이에게 다가간다.

그를 들쳐 업는다.

달린다.

## 1장

1994년 10월 21일(D-0). 오전 8시를 막 넘긴 시간. 서울의 어느 대학병원. 병실. 구석에 놓인 TV에서는 하루의 시작을 응원하는 활기찬 노래와 장면들이 흘러나온다. 그러다 잠시 멈추는 노래. 화면 속 누군가가 성수대교 붕괴 사실을 알려온다. 그다지 심각하지 않은 논조로. 사태의 진상을 파악하기에 턱없이 부족한 정보로.

최희영이 들어온다.

### 윤재
무슨 일이래.

### 희영
별일 아니겠지.

TV 속 화면은 이내 다시 활기차다.

### 윤재
그래서 다들 어딜 이렇게 바지런히 가셨대?

### 희영
아, 우리 층만 이 난리. 다들 목욕 바구니 들고 아래층

위층 달려가셨어.

**윤재**

그래? 아니 명색이 대학 병원이 어떻게 이래. 물이 갑자기
뚝.

**희영**

그러니까. 안 그래도 다들 난리다? 옆방에 수술 앞둔
할아버지. 혹시 이러다가 어렵게 받아둔 수술 날짜
미뤄지면 어쩌냐고. 막 자기 죽으면 늬들이 책임질
거냐?!

**희영**

그러게 미리미리 좀 씻지.

**윤재**

오늘 딱 감으려고 했었는데~ 아니 못 감는구나 싶은
생각이 딱 들어서는 순간부터 아우 더 감고 싶어.
미치겠다니까. 이제는 머리만 가려운 게 아니라 수술한
데까지 가려워지는 것 같아. 아니지, 같은 게 아니라,
가려워. 희영 씨, 이거 어떡해. 나도 합병증 같은 거 생긴
거면?

**희영**

그럼 아까 우리 선생님이 말씀하셨겠지. 그건 그냥
나으려고 가려운 거야.

**윤재**

믿을 수가 있어야지. 믿을 수가.

**희영**

삼촌, 혹시 우리 선생님이랑 원래부터 알았어?

**윤재**

아니…?! 무슨….

**희영**

아쉽네. 나, 우리 선생님이랑 더 친해지고 싶어.
대단하지 않아? 아니 여자 혼자 미국에 유학도 막 혼자
다녀왔다던데. 그리고 알죠? 다른 선생님들이랑은
자세부터가 달라. 맨날 막 꼿꼿하시잖아..

**윤재**

……아우 가려워.

**희영**

뭐라도 드실래? 입에 뭘 좀 넣으면 덜하지 않을까 싶은데.

**윤재**

먹는 거랑 가려운 거랑 무슨 상관이래?

**희영**

씹느라 가려운 걸 까먹는 거지. 우리 세민이도 주사
맞으러 가면 내가 바늘 들어가는 거 까먹게 하려고, 막
다른 거에 정신 팔리게 하거든.

**윤재**

어머? 희영 씨가 나를 애 취급하네.

**희영**

삼촌. 우리 세민이는 가려운 것 정도는 잘 참아.
징징대지도 않고. 삼촌보다 낫거든.

**윤재**

어머 어머?

**희영**

세민 아빠가 어제 사과 사 왔더라.

**윤재**

희영 씨 먹으라고 사 온 거 아니야? 내가 뺏어 먹어도
되나.

**희영**

나는 어차피 못 먹어. 알려지 있어. 사과 먹으면 막 벌겋게 두드러기 올라오거든.

**윤재**

사과 알러지도 있구나.

**희영**

그럼.

**윤재**

근데… 남편이 그런 것도 몰라?

**희영**

…참 나. 아니 뭐 그럼 윤재 삼촌은 막 자기 애인에 대해 모든 걸 다 아나? 막 빠짐없이?

**윤재**

빠짐없이는 또 왜 붙여.

**희영**

서로에 대해 완벽하게 다 아는 그런 부부가 어디 있어.

**윤재**

그래도 나는 노력하는데? 내가 박현오에 대해 모르는
것보다 박현오가 나에 대해 모르는 게 더 많을걸.


최희영이 병실 냉장고에서 사과를 꺼내온다.

**희영**

괜히 자기 애인한테 미안해서 저러지. 아, 깎아줄게.


최희영이 베개 밑에서 과도를 꺼낸다.

**윤재**

칼을 베개 밑에 뒀어?

**희영**

아, 어.

**윤재**

…아우 됐어. 귀찮게 뭘. 그리고 나 껍질 좋아해.

**희영**

농약 묻어있으면 어째.


최윤재가 최희영의 손에서 사과를 채가 우적우적 씹어 넘긴다.

**희영**

어때, 농약 맛은 좀 괜찮아?

**윤재**

와, 희영 씨 남편한테 물어봐야겠다.

**희영**

어? 뭘?!

**윤재**

아니 엄청 달아서. 이거 어디서 샀대.

**희영**

아….
고마워.

**윤재**

뭐가.

**희영**

맛있게 먹어줘서.

**윤재**

내가 고맙지.

사이.

**희영**

삼촌.

**윤재**

어.

**희영**

그… 어제….

**윤재**

…어. 어제.

**희영**

…….

**윤재**

어제 뭐.

**희영**

아니야, 드셔. 사과 많아.

**윤재**

…아우 오늘은 아침부터 정신이 하나도 없네. 단수가 되질 않나. 무슨 다리가 무너지질 않나.

**희영**

그러게.

**윤재**

나 가끔씩 버스 타고 종점까지 갔다 오기도 하거든.

**희영**

굳이?

**윤재**

그냥 당일치기 여행 같은 거지. 그때마다 아까 그 다리도 자주 오갔는데 말이지.

**희영**

좋네. 당일치기 여행. 오붓했겠어.

**윤재**

응? 아, 그런 건 나 혼자 다녀. 걔는 그런 거 싫어해. 하여튼 안 맞아.

**희영**

윤재 삼촌, 그러지 말구 우리 얼른 그 계획도 세워봅시다.
내가 도와줄게.

**윤재**

무슨 계획.

**희영**

나 두 사람 헤어지면 속상할 것 같아. 삼촌 용서 받아야지.

**윤재**

아… 난 또 뭐라고. 나보다 희영 씨가 더 난리네.

**희영**

나라면 화가 머리끝까지 날 거야. 남자친구가 막 갑자기
한 달씩이나 사라져 버리면. 맞지? 한 달. 더 됐나?

**윤재**

아우 나 그냥 헤어진 걸로 할까 봐~

**희영**

입만 열면 맨날 막 자기 애인이랑 어쨌고 저쨌고 그래
놓고서는 헤어지신다구요? 퍽이나요.

**윤재**

연락 한 통 하지 않은 이 한 달이 뭔가를 말해주고 있는 거
아닐까.

**희영**

박현오 불쌍하다.

**윤재**

…그리고 나 여기 이러고 있는 거 걔도 알고 있을지도
몰라.

**희영**

뭐 동성애자들끼리는 텔레파시 같은 게 통하기라도
하나?

**윤재**

농담이지?

**희영**

너무 갔어?

**윤재**

어.

**희영**

아니 삼촌, 봐라, 내 남자친구가 갑자기 사라졌다가
나타났는데 심지어 그동안 입원을 하고 있었대. 와. 그럼
나 진짜 화만 나는 게 아니라 막 속상하고 서럽고 그럴 것
같은데?

**윤재**

아, 무슨 말부터 해야 하나.

**희영**

아, 나 그 얘기 좋았다. 그날 골목에서 그거. 거기부터.
해봐.

**윤재**

내가 퇴근하고 나오는데 누가 날 붙잡았어.

**희영**

그치 근데 그 사람이 담배 있냐고 물어봤다며.

**윤재**

'혹시 담배 있어요?'

**희영**

아, 더 음침하게.

20

**윤재**

그렇게까지 음침한 목소리는 또 아니었는데.

**희영**

아니 삼촌 답답하게 왜 이래. 조금 극적일 필요가 있지.

**윤재**

음침하게?

　(음침하게)

　'야, 혹시 담배 있냐?'

**희영**

아뇨, 저 담배 안 피워요.

**윤재**

그렇게 가는 줄 알았더니 다시 돌아와서는 또 물어.

**희영**

'혹시 저 가게에서 일하냐?'

**윤재**

희영 씨. 내가 혹시나 해서 하는 말인데 우리 가게 있잖아 되게 건전한 곳이야.

**희영**

건전하지 않으면 뭐 어때.

**윤재**

아니 정말.

**희영**

아니 알겠고. 이어가.

**윤재**

그래서 내가 '네 그런데요?' 그랬더니 또 그냥 가려나
싶었다가…

**희영**

또 돌아와서 물어.

**윤재**

'정말?'

**희영**

윤재 삼촌이 끄덕였댔나. 아니면 맞다고 얘기했댔나.

**윤재**

끄덕.

**희영**

그래그래. 이제 뭔가 쎄-하니까 입이 막 얼어붙은 거지.

**윤재**

그러더니 그 사람 나를 패기 시작해.

**희영**

얼굴이 막 피떡이 될 때까지.

**윤재**

정신을 잃을 때까지.

**희영**

그런데 다행히도 누가 구해준 거야. 빠밤.

**윤재**

누가 나를 들쳐업고 막 뛰어가.

**희영**

대단하신 분이야.

**윤재**

번호라도 남겨뒀으면 내가 고맙다고 인사라도 할 텐데.

**희영**

혹시 윤재 삼촌을 연모하고 있던 사람 아닐까?

**윤재**

어머. 잘 생겼으려나? 제대로 못 봐서. 아우, 아쉽네.
어깨랑 등이 되게 탄탄하고 되게 넓었는데.

**희영**

그런 말은 빼고 할 거지?

**윤재**

글쎄~

**희영**

못 살아. 아! 삼촌, 피떡을 꼭 강조하는 게 좋겠다. 장면이
구체적으로 그려지게끔. 그럼 애인도 '야, 연락 안 한 게
뭐 어때서, 돌아왔으면 됐지, 엉엉' 그럴 거야.

**윤재**

아니 내가 왜 이렇게 쩔쩔매야 하는지 모르겠네. 솔직히
연락을 안 한 게 아니라 못 한 거지. 내가 괜히 숨기고
싶어서 숨겨? 맨날 굳이 티 내면서, 종로에서, 그런
가게에서 일하지 마라, 잔소리를 해댔으니까. 희영 씨,
근데 내가 진짜 누구한테 맞았다는 거 들키기라도 해봐.

아우, 또 뭔 소리 들을지 벌써부터 식은땀이 다 난다.

**희영**

용서받기 실패. 대실패.

**윤재**

됐어. 그만해.

**희영**

아, 그래. 병원에 갑자기 단수돼서 고생했다는 말도 꼭 하자. 병원이 막 아수라장 됐었다고. 그거 때문에 퇴원하는데 제대로 진료도 못 받았다고. 아, 아! 그래, 그래! 다리 이야기도 해. 거기서 다친 사람들 있을 거 아니야. 막 실려 와서 더 그랬다고.

**윤재**

아 맞아, 어떻게 됐으려나.

최윤재가 채널을 돌려 뉴스 보도를 찾는다. 참사의 심각함을 예고하는 장면들, 혹은 말들이 이어진다.

**희영**

생각보다 심각한가 본데?

**윤재**

남편이랑 세민이는 잘 오고 있대?

**희영**

조금 전에 통화도 하고 들어왔는데 뭘. 아직 집이지.

**윤재**

무시무시하네.

**희영**

그러게, 저게 대체 무슨 일.

후속 보도를 예고하곤 애써 다시 활기차려는 TV 화면 속 사람들.
그리고 이내 이어지는 광고들.

**희영**

원래 퇴원 날에는 정신이 없다더니.

**윤재**

…저기 희영 씨.

**희영**

어?

**윤재**

남편이 희영 씨 사과 못 먹는 거 알고 있지?

**희영**

모른다니까. 모르니까 사 왔겠지.

**윤재**

이제 우리 퇴원하면 언제 또 볼지 모르잖아.

**희영**

그래서?

**윤재**

그러니까, 마지막이니까 솔직해져 보자.

**희영**

마지막은 무슨. 아니 정말 영영 안 보고 살려고? 전화번호 몇 개 남겨두고 가요.

**윤재**

…내가 더 솔직해져 봐?

**희영**

뭐 여태까진 거짓말이라도 했나?

27

**윤재**

군이 얘기하지 않았던 걸 얘기해 보자는 차원에서. 나도
내 기구한 사연 같은 거 떠들어대고 그런 성격은 아닌데.
정말 우리 마지막일 수도 있으니까.

**희영**

뭘 계속 마지막이래.

**윤재**

나 처음 상경한 건 있잖아. 아부지 때문이었거든.
아부지가 나 '남색'에 빠졌다면서 뺨을 갈겼잖아. 정신
차리라면서. 맞은 것도 아파 죽겠었는데… 때린 사람이
우리 아부지라는 게 제일 힘들었어. 우리 아부지 딱한
사람이거든. 나 혼자 키우면서 맨날 전전긍긍했으니까.
그런 사람이 나를 때렸으니까.

**희영**

너무하네..

**윤재**

세민이 귀엽더라. 그렇게 작은 아기는 오랜만에 봤어.

**희영**

그랬어?

**윤재**

그리고… 그래, 어제. 희영 씨가 세민이 받아 들자마자 옷 벗겨서 이리저리 살펴보는 게… 혹시…

**희영**

(말 자르며)

오랜만에 봐서. 그래, 혹시나 해서. 아니 애들은 혼자서도 막 다치니까.

**윤재**

근데 그걸 굳이 남편 눈치 보면서?

**희영**

눈치는. 아, 삼촌은 서울에 아는 사람이 있었어? 어떻게 그렇게 홀쩍 떠나왔대.

**윤재**

아는 사람이 없는 곳으로 가는 게 목표였으니까.

**희영**

제대로 된 계획도 없이?

**윤재**

일단 도망쳐야지.

**희영**

…나는 계획 없이 사는 거 심장 떨려서 싫어. 홀쩍 떠나는
것도 준비를 해야지.

**윤재**

계획만 세우다가 때 놓치면.

**희영**

삼촌, 나는 맹장이 터져서 입원한 거야. 누구한테 맞아서
입원한 게 아니라.

**윤재**

…그래, 그랬지.

**희영**

힘들었겠다. 서울 처음 와서.

**윤재**

근데 괜찮았어. 나 지금 일하는 가게. 거기 사장님이
챙겨줬었거든. 자기 집 다락도 내어주고.

**희영**

삼촌은 운이 좋았네. 도와주는 사람들이 있어서.

**윤재**

가볍지도 않은 나 들쳐메고 뛰었던 그분도 있었고.
동화 속이었으면 그 남자가 알고 보니 이웃 나라
왕자님이었고, 우린 사랑에 빠져서 해피엔딩 했겠지.

**희영**

박현오 불쌍하다니까.

**윤재**

상상도 못 해?

**희영**

보아하니 돌아가자마자 쫓겨나게 생겼구만.

**윤재**

희영 씨, 진짜 내 도움 필요한 거 있으면 말해.

**희영**

…갑자기?

**윤재**

갑자기 아닌데.

**희영**

도움은 나보다 그 사람들이 필요한 것 같은데.

**윤재**

말 돌리긴.

**희영**

아 맞네! 그냥 삼촌도 아래층이나 위층 가서 씻고
오시든지.

**윤재**

아깐 떡진 머리로 가라더니.

**희영**

보아하니 동정표보다는 미모로 승부를 보시는 게 낫겠어.
예쁘게라도 보여야 애인이 용서를 해주든 말든 하지
않을까 싶은 생각이 막 갑자기 드네. 싫으면 말고.

**윤재**

아니야, 희영 씨 말이 맞네. 간만에 미인계 좀
써봐야겠구만.

**희영**

씻을 거 줄까?

**윤재**

아니야, 비누 있어.

**희영**

나는 샴푸 있는데?

**윤재**

진짜?

**희영**

써요. 줄게.

**윤재**

고마워.

최희영이 침대 아래에서 샴푸를 꺼내 최윤재에게 건넨다.

**희영**

얼른 가 봐요, 사람들 더 붐비기 전에.

**윤재**

근데… 나 진짜 조금 서운해.

**희영**

그 샴푸 꽤 좋은 거야.

**윤재**

아니, 희영 씨 나는 이래도 되나 싶을 정도로 다 말했다.

사이.

**희영**

…삼촌.

**윤재**

어.

**희영**

나 실은 그런 계획도 세워봤거든. 우리 세민이를 안전한 사람 손에 맡기는 계획. 막 언제든 돌변할 수 있는 사람의 손이 아니라. 그래, 삼촌처럼 팍팍한 세상도 살아보려는 사람 손에 맡겨 두는 거지. 그냥 그런 말도 안 되는 계획…. 세민 아빠 당연히 알고 있지. 알고 사 온 거야. 내가 사과 때문에 고생하는 거 몇 번 봤거든. 내가 그때 답답하고 힘들어서 막 울기도 했었거든. 그 사과, 그거 벌이야. 맹장 터진 거에 대한 벌. 그때처럼 답답해하고 힘들어하라고. 나 좀 울라고.

**윤재**

그 계획 내가 도와줄까?


**희영**

내가 만약 세민이를 누구한테 맡겼다고 해봐. 세민
아빠가 '아- 그랬구나-' 하겠다. 얼른 데려오라고 하겠지.
또 벌이나 주고.


**윤재**

벌은 무슨.


**희영**

그냥 내가 어쩌다 윤재 삼촌을 삼촌이라고 부르기
시작했지, 싶었다가, 그리고 보니 우리가 또 우연히 성이
같았네, 싶었다가, 그리고 보니 세민이한테 진짜 삼촌
같은 삼촌이 있으면 어떨까 싶었다가.


**윤재**

내가 이래라저래라 할 입장은 아니지만…


**희영**

아니지만?

**윤재**

…….

**희영**

아, 아니지만 뭐.

**윤재**

희영 씨, 희영 씨도 집에서 도망쳐. 세민이 데리고 나와.
어디든 가. 나처럼.

**희영**

삼촌이 진짜 우리 세민이 좀 데려갈래?

**윤재**

……?!

**희영**

농담이야. 놀라긴. 걱정 마요. 이 최희영한테는 다 계획이
있답니다.

**윤재**

무슨?

**희영**

…….

**윤재**

어? 무슨 계획.

**희영**

…삼촌.

**윤재**

응?

**희영**

수술받으려면 그 사람 동의가 필요하더라. 무서웠어. 그 사람 곁에서 세민이를 키워야 한다는 건, 그건… 더 더 무서웠고.

사이.

**희영**

아, 내가 별말을 다. 씻으러 가요. 얼른.

**윤재**

응….

저기 희영 씨, 샴푸 고마워.

## 2장

1994년 10월 21일(D-0). 정오에 가까운 시간. 정현의 집. 거실.
적막한 가운데 도시의 소음들만이 먹먹히 들려온다. 거실엔 소파와
낮은 커피 테이블이 놓여 있다. 그리고 그 사이에는 누군가 쪼그린
채 누워있다. 박정현이 열쇠로 현관문을 열고 들어온다. 안방으로
향하려던 그는 거실 바닥에 꿈틀대고 있는 누군가를 발견한다.

**정현**

누구야.

박정현의 조카 박현오가 비몽사몽간에 눈을 뜬다. 몸을 일으킨다.

**정현**

현오야…!

**현오**

깜빡 잠들었네.

**정현**

고모 놀랐잖아.

**현오**

죄송해요.

**정현**

너 진짜.

**현오**

…지금 몇 시지.

**정현**

벌써 오전 다 지나갔지. 너 무슨 일인데.

**현오**

…….

**정현**

언제 왔어.

**현오**

언제 왔더라… 아침까지 작업하다가… 잠이 안 와서 그냥 와봤어요. 근데 안 계셔서.

**정현**

오늘 당직이었지.

**현오**

그러겠거니 했어요.

…쉬세요.

박현오가 다시 눕는다.

**정현**
들어가서 자. 니 방… 정리해 뒀어.

**현오**
그 방 이제 그냥 옷장 하시라니까.

**정현**
들어가서 자래도.

**현오**
여기가 편해요….

박현오가 잠잠하다. '잠에 들었나?' 박정현은 가만히 누워있는
박현오를 잠시 바라보다가, 안방으로 들어가 이불 하나를
들고나온다. 박현오에게 덮어준다.

**정현**
박정도 너 닮은 거냐, 올케 너 닮은 거냐. 고집은.

**현오**

⋯⋯둘 다 고집이 셌구나.


**정현**

안 잤어?


**현오**

⋯⋯.


**정현**

⋯쉰 소리 했어. 나 아침 먹을 건데.


**현오**

⋯드셔요.


**정현**

⋯⋯그래.


박정현이 소파에 앉는다.


**현오**

아침 드신다면서.

**정현**

한숨 돌리고 움직이려고.


**현오**

……병원에.


**정현**

병원에 뭐.


**현오**

오늘은 병원에 더 있어야 하지 않아요?


**정현**

왜?


**현오**

아니. 뉴스 보니까.


**정현**

뉴스?


**현오**

다리.

**정현**

아….

**현오**

…그 사람들 고모네 병원으로 안 갔어요?

**정현**

와도 못 받았을 거야. 오늘 병원에 문제가 좀 있었거든.

**현오**

문제?

**정현**

층 하나에 수도가 끊겼어.

**현오**

큰일이었네.

**정현**

큰일은. 지금쯤이면 해결됐을 거야. 작업이 잘 안돼?

**현오**

잘 돼요.

**정현**

다음 전시에는 고모가 친구들 데리고 갈게.

**현오**

굳이 그러지 마세요.

**정현**

저번에도 못 갔잖아.

**현오**

…진짜로 안 와도 되는데.

**정현**

간대도.

**현오**

고모한테는 안 보여주고 싶어서.

**정현**

…니가 오지 말랬다?

박현오가 피식 웃는다.

**정현**

왜 웃어?


**현오**

삐지셨나 싶어서.


**정현**

삐지긴. 정말 무슨 일 있어서 온 거 아니지?


**현오**

무슨 일…


**정현**

있어?


**현오**

있긴 한데.


**정현**

그러니까 뭔데.


**현오**

…….

**정현**

됐다. 수저 하나 더 둘 테니 먹을 거면 먹고.

**현오**

고모, 윤재 있잖아요.

**정현**

어?

**현오**

왜 전에 만났잖아요, 나랑 같이 사는 애.

**정현**

아… 왜, 헤어졌어?

**현오**

아뇨.

**정현**

그럼 뭐.

**현오**

근데 왜 헤어졌냐고 물어요?

**정현**

니가 이러고 있으니까.

**현오**

…….

**정현**

아니면 말고.

**현오**

헤어진 건가.

**정현**

도대체 어느 쪽인데.

**현오**

나도 모르겠어요.

사이.

**정현**

일어나 봐.

**현오**

…….

**정현**

일어나 보래도.

박현오가 몸을 일으킨다.

**정현**

무슨 일인지 말해.

**현오**

…….

**정현**

아니면 가. 너희 집 가.

**현오**

…….

**정현**

응?

**현오**

윤재가 한 달 전 즈음에 사라져서.

**정현**

……연락 없이?

**현오**

그런데 오늘 아침에.

**정현**

연락이 왔어?

**현오**

아니. 뉴스를 보는데 신원불명.

**정현**

똑바로 알아듣게 좀 말해.

**현오**

신원불명의 피해자가 있다잖아요. 이삼십 대로 추정되는
남성.

**정현**

그런데?

**현오**

그게 최윤재 같아서.

**정현**

…뭐?

**현오**

그런 것 같아서.

**정현**

현오야, 너 정말 이상한 소리 할 거면 가. 고모 피곤해.

**현오**

아니, 고모. 정말로.

**정현**

얘. 그만해.

**현오**

어쩌면 돌아오던 중이었을지도 몰라. 그러다 그 다리에 올랐고, 그러다, 아, 계속 그런 것만 계속 떠올라서, 그래서 나 버렸나? 맨날 최악만 상상해서. 고모, 어쩌면 나는 최윤재가 버려진 사람이어서, 좋아하게 됐는지도 몰라요. 변태 같지. 최윤재가 내 그런 변태스런 속내를

51

눈치챈 걸지도 모르고. 그래서 떠난 거예요. 그리고 오늘
돌아오던 중에…


        **정현**

(말 자르며)

현오야. 나 지금 니가 하는 말 하나도 못 따라가겠어.


…박현오가 일어선다.


        **현오**

갈게요.


        **정현**

앉아.


        **현오**

아깐 가라면서….


        **정현**

앉으라고.


…박현오가 바닥에 앉는다.

**정현**

거기서 마음 좀 가라앉히고 가, 그러고 가.

**현오**

고모는 괜찮았어요?

**정현**

뭐가.

**현오**

오늘.

**정현**

…….

**현오**

나는 계속 옛날 생각이 나서. 엄마랑 아빠. 두 사람.

**정현**

기일 지나 얼마 안 되어서 그런 거지. 오늘 그 다리는 너희 엄마 아빠 때랑은 전혀 달라.

**현오**

…….

53

**정현**

기찻길 위랑 다리 위가 어떻게 같아.

**현오**

혹시 어디로 갔는지 알려줄 수 있어요?

**정현**

······?

**현오**

그 다리에 있던 사람들. 그 신원불명의 남자.

**정현**

고모가 어찌 알아.

**현오**

알아봐 줄 수는 있잖아요.

**정현**

알아봐 주면 어쩌게.

**현오**

···가보려고?

**정현**

현오야.

**현오**

뭐 큰 거 부탁하는 거 아니잖아요. 그냥 가서 얼굴이나 좀 보고 오게. 그 사람이 최윤재인지 아닌지 그것만 보려고. 어?

**정현**

하아….

**현오**

싫으면 말고.

박현오가 다시 일어선다.

**정현**

'다리가 무너졌대.' 그 소리를 진짜 1분에 한 번씩 들었던 것 같아. 뭐 아주 흥미로운 일이라도 일어난 것처럼 다들 달뜬 목소리로. 그런데 너까지 왜 이러니.

박현오가 떠나려 한다.

**정현**

니 애인 거기 없어.


**현오**

어떻게 확신해요?


**정현**

아니까.


**현오**

어떻게.


**정현**

우리 병원에 있으니까.


**현오**

병원? 고모 병원에? 걔가 왜.


**정현**

나는 걔가 별말 없길래 너희 헤어진 줄 알았어. 그냥 그런
줄 알고 얘기 안 한 거야.


**현오**

그러니까 최윤재가 왜 병원에 있냐구요.


56

**정현**

맞아서 왔다더라.

**현오**

맞아? 누구한테?

**정현**

몰라, 나는.

**현오**

괜찮은 거예요?

**정현**

괜찮아.

**현오**

…괜찮은 거 확실하죠?

**정현**

그렇대도.

박현오가 소파에 앉는다.

**현오**

왜 얘기 안 했어요?


**정현**

말했잖아. 걔가 내 얼굴 빤히 아는 데도 아는 척도 안 하고, 별말도 없고.


**현오**

최윤재 원래 그래요. 사람 가려가면서 떠들어서.


**정현**

내 탓이구나.


**현오**

진짜 내내 심각했다구요. 그걸 왜 이제야….


**정현**

근데 그 애… 정말 괜찮은 거 맞니?


**현오**

고모가 괜찮다면서.


**정현**

아니, 내 말은. 나는 그 애 좀… 그래.


58

**현오**

뭐가.

**정현**

…….

**현오**

뭐가요.

**정현**

속을 모르겠어.

**현오**

나는 고모 속을 모르겠는데.

박현오가 다시 떠나려 한다.

**정현**

오늘 퇴원했을 거야.

**현오**

…….

**정현**

병원 가도 없을 거라고.


**현오**

갈게요.


**정현**

니네 집으로 가는 거지? 괜히 또 길 잃은 강아지 마냥
여기저기 돌아다닐 거 아니고. 윤재 그 애 병원에 없다고
나는 분명히 얘기했다~


박현오가 떠난다.


**정현**

하아, 니네 아들 왜 이렇게 어렵니.

**3장**

1994년 10월 21일(D-0). 늦은 저녁. 박현오의 집. 부엌.
최윤재가 요리에 한창이다. 박현오는 그 뒤에 서서 그런 최윤재를
바라보고 있다.


### 윤재

냄새 좋지?


### 현오

'냄새 좋지?' '냄새 좋지?' 그게 지금 할 말이야?


### 윤재

거의 다 됐어. 맛이 있어야 할 텐데.


### 현오

…….


### 윤재

얼른 앉아.


### 현오

…….

**윤재**

작업실 다녀온 거야? 작업은 잘하고 있었고? 배짱이 마냥 누워만 있었던 건 아니겠지? 아, 형도 봤지? 뉴스. 세상에 어떻게 그래.

**현오**

…한 달 만이야.

**윤재**

일이 있었어.

**현오**

…….

**윤재**

……나 그냥 나갈까?

**현오**

…….

**윤재**

응?

**현오**

무슨 일.


**윤재**

별일은 아니었고.


**현오**

그러니까 뭔 일.


**윤재**

아, 연습했는데.


**현오**

뭘?


**윤재**

우리의 지금 이 대화?


**현오**

하, 진짜… 미친 새끼.


**윤재**

…고모님이 별말 안 했어?

**현오**

…무슨 말.


**윤재**

아니 뭐….


**현오**

니가 누구한테 처맞고 병원에 누워있다고?


**윤재**

…아, 알고 있었구나.


**현오**

오늘 들었다.


**윤재**

오늘?


**현오**

그래, 오늘.


**윤재**

진짜 오늘…?

**현오**

그럼 진짜지. 내가 왜 그런 걸로 거짓말을 하겠어.


**윤재**

…그치.


**현오**

안 믿냐?


**윤재**

아니야, 믿어.


박현오가 최윤재에게 다가간다.


**윤재**

왜.


**현오**

어디.


**윤재**

……?

**현오**

어디 맞았냐고. 봐봐.

**윤재**

됐어. 나 다 나았어.

**현오**

보라고.

최윤재가 티를 들친다. 갈비뼈 옆으로 풀리다 만 피멍 자국이
선명하다.

**윤재**

보기에만 이래.

박현오가 최윤재의 피멍 위에 살며시 손을 얹는다.

**현오**

잡았어?

**윤재**

잡긴 무슨. 그런 애 쓰고 싶지 않아.

**현오**

너 진짜 미쳤어.

**윤재**

아, 아. 아파 아파.

최윤재가 박현오의 손을 자신의 피멍에서 떼어낸다.

**현오**

보기에만 이렇다며.

**윤재**

이제 좀 먹자. 나 배고파. 먹으면서 얘기해. 앉아, 앉아.

박현오가 앉지 않는다.
최윤재가 박현오를 안아준다. 그제야 박현오는 식탁에 앉는다.
최윤재가 식탁을 차리기 시작한다.

**윤재**

내가 막 배를 부여잡고 아우 나 죽네- 하고 있었는데.
사실 그때 잠깐 기억을 잃었던 것 같은데. 다시 정신을
차리니까 누가 나를 업고 뛰고 있더라. 아는 사람인가
싶었는데, 아니더라고. 조금만 참아요. 그러더라고.

**현오**

…….

**윤재**

아, 그래. *피떡!* 피떡이 되도록 맞아서 끔찍했거든.

**현오**

…….

**윤재**

어쨌든 그 사람 덕에 살았지 뭐.

**현오**

…….

**윤재**

아, 얼굴 좀 제대로 봤어야 했는데. 아니, 나를 들쳐메고 뛸 정도면 몸이 장난 아니었을 텐데. 아우 아쉬워라.

**현오**

재밌니.

**윤재**

그 사람은 나 병원에 뉘어 놓고 사라졌어. 정말 별거 아니었고. 정확하게는 그냥 찰과상, 갈비뼈 골절, 가벼운 비장 파열. 입원하래서 입원했고.

**현오**

…….

**윤재**

연락할까 했는데, 형한테 혼날까 봐.

**현오**

…혼날까 봐?

최윤재가 박현오의 맞은편에 앉는다.

**윤재**

식겠다, 먹어. 아, 얼른.

박현오가 한술 뜬다.

**현오**

…너는 안 먹어?

**윤재**

먹지 먹어.

최윤재도 한술 뜬다.

**윤재**

음. …맛있네!

**현오**

맛있어?

**윤재**

어. 왜?

**현오**

아니, 그냥 물어보는 거야.

**윤재**

내 딴엔 미안한 마음 담아서 해보려고 한 거야.
그리고…

**현오**

그리고?

**윤재**

그… 혹시 형 3년 전 크리스마스에 우리 영화 보러 간 거
기억나?

**현오**

뜬금없이.

**윤재**

기억 안 나?

**현오**

인어공주?

**윤재**

맞아. 그때, 피카디리 앞에서, 애들이랑 같이 온 부모들 틈에 줄 서서, 그때 했던 말은? 그것도 기억나?

**현오**

쪽팔려?

**윤재**

아니.

**현오**

그럼?

**윤재**

형이 그랬거든. 자긴 애들을 보면 그냥 무작정 마음이 간다고.

**현오**

그리고 니가 그랬지. 그거 애들 입장도 들어봐야 한다고.

**윤재**

근데 박현오. 나… 사고 쳤어.

최윤재가 침실로 향한다.

**현오**

……?

금세 다시 돌아온 최윤재의 품에는 고사리 같은 손을 꼼지락대며 새근새근 잠을 자고 있는 신세민이 있다.

**현오**

얘 누군데?

**윤재**

세민이는 깊게 잔다? 깊게 자는 것도 재주야. 너 알아?

**현오**

최윤재, 이, 이 애는 뭐냐고.

72

**윤재**

쉿…! 봐봐. 어떻게 이렇게 조그말 수 있지?


**현오**

너 이거 설마… 니 애는 아니지? 그래서…


**윤재**

(말 자르며)

어머 미쳤어?


**현오**

한 달 사이에 대체 무슨 일이 있었던 건데.


**윤재**

나랑 같은 병실에 있던 사람. 그 사람 딸이야.


**현오**

그 사람 애를 왜 니가 안고 있냐고.


**윤재**

…도움이 필요해 보였어.


**현오**

제대로 설명해.

**윤재**

얘는 세민이. 신세민. 아가 엄마는 최희영. 희영 씨가 남편 데리고 잠깐 나가 있는 참에 내가 데리고 나왔어. 그냥 맡아주는 거야.

**현오**

끝이야?

**윤재**

어.

**현오**

뭐, 언제까지? 응?

**윤재**

그런 건 안 정했는데… 희영 씨 원래 계획이 틀어져서. 둘 다 정신이 없었어. 형도 거기 있었으면 이해했을 거야.

**현오**

야, 이해고 뭐고 얼른 다시 돌려주고 와.

**윤재**

아, 그러고 보니 전화번호 하나 안 주고받았네.

**현오**

그 사람 어디 사는지는?

**윤재**

아, 그것도 모르네.

**현오**

야!

**윤재**

그런 거 따질 새도 없었단 말이야. 남편 놈한테 들킬까 봐 심장이 요동쳤다고.

**현오**

몰래 데리고 나왔단 말이야? 야, 그럼 맡아주는 게 아니라 너 이거… 이거…

**윤재**

우리가 잘 돌봐야지.

**현오**

너 이거 유괴야!

**윤재**

유괴는 무슨! 아니야.

**현오**

윤재야. 너 왜 이래.

**윤재**

희영 씨도 세민이도 도움이 필요해 보였어. 형이라면,
아니 형이랑 나라면 세민이를 좀 잘 키워볼 수 있을 것
같기도 했고. 나도 결심하고 여기로 온 거야. 얘를 데리고
어디로 가야 하지 고민하다가 온 거라고.

**현오**

애 밥은 먹였어?

**윤재**

그럼…!

**현오**

픽이나.

**윤재**

정말이야. 분유도 로열 쓰여 있는 걸로, 비-싼 걸로
샀다고. 슈퍼에서 이것저것 사는 데 어르신들이 어찌나

나를 기특하게 보던지.

**현오**

아직 늦지 않았어. 신고라도 하자. 돌려주자.

**윤재**

…싫어.

**현오**

최윤재, 야 이 또라이 새끼야!

신세민이 잠에서 깬다. 울기 시작한다.

**윤재**

응응, 깼어? 미안해, 미안.

**현오**

하아….

**윤재**

세민아, 여기가 아닌가 봐.

**현오**

야.

최윤재가 침실로 들어가 간소한 짐과 육아용품들을 챙겨 나온다.

**윤재**

우리 갈게.

**현오**

어디로.

**윤재**

모르지.

**현오**

너 진짜….

**윤재**

잘 있어.

**현오**

또 사라져?

**윤재**

그럼 우리 도와줘.

**현오**

윤재야, 제발.

**윤재**

일면식도 없는 피떡 얼굴도 들쳐업고 뛸 수 있는 사람,
하나 더 있으면 좋잖아.

**현오**

너 계속 나사 하나 빠진 소리를.

**윤재**

내가 이 아이를 좀 지켜줘야겠다고.

**현오**

…미치겠네.

**윤재**

갈 데야… 또 있지.

**현오**

어디.

**윤재**

우리 아부지는 오히려 좋아할걸. 남색만 밝히는 줄

알았던 자기 아들이 사고 쳐서 애가 생겼다고 하면.

**현오**

집으로 돌아가겠다고?

**윤재**

안 될 거 없지.

**현오**

아, 왜 이래-.

**윤재**

몰라, 그렇게 마음먹었어.

**현오**

…….

**윤재**

갈게.

박현오가 최윤재의 손에 들린 것들을 낚아챈다.

**현오**

이 밤에 어딜 가.

**윤재**

······그럼 날 밝는 대로.

**현오**

야.

**윤재**

그럼··· 있어?

**현오**

······.

**윤재**

어?

**현오**

니가 대체··· 대체 여기 말고 어딜 가냐고.

사이.

**현오**

돌아왔을 거야?

**윤재**

응?

**현오**

이 애가 아니었어도. 너, 다시 돌아왔을 거야?

**윤재**

…그럼! 돌아왔을 거야.

**4장**

1994년 11월 21일(D+31). 아침. 전의 그 병원. 로비. 당직을
마친 박정현이 피곤한 몸을 이끌고 병원 건물을 나서려 한다.
그때, 로비 한쪽에 서서 오가는 사람들을 살피던 최희영이 서둘러
박정현에게 다가온다.

> **희영**
> 선생님, 선생님…!

> **정현**
> ……?

> **희영**
> 저 기억 안 나세요? 왜 두 달 전 즈음에요. 맹장 터져서
> 왔었는데요. 수술하고 막 합병증 때문에 고생했던.

> **정현**
> 아, 네.

> **희영**
> 네, 저예요.

**정현**

네, 안녕하세요.

**희영**

네, 선생님 덕분에요. 그때 감사 인사도 제대로 못
하고 나와서 마음이 안 좋았었는데… 이렇게 뵈어서
다행이에요. 진짜로 정말 감사했어요.

박정현이 멋쩍게 고개를 까닥여 감사 인사에 답한다.

**정현**

그런데 병원에는 어쩐 일로.

**희영**

안 그래도 선생님을 뵈러 왔거든요.

**정현**

…저를?

**희영**

네.

**정현**

…진료받으시려면 창구에서 접수를 하시고…

**희영**

(말 자르며)

아, 아니요. 그런 일 때문이 아니라요.


**정현**

그럼….


최희영이 주변을 살핀다.


**정현**

이리로.


박정현이 최희영을 데리고 로비 구석으로 비켜선다.


**정현**

말씀하세요.


**희영**

…아, 선생님 그게 제가 누굴 찾고 있거든요.


**정현**

저 말고.

**희영**

그러니까 선생님이 알고 계시는 분일 수도 있겠다
싶어서요. 창구에 물어볼까 싶었는데 오해할까 봐요.
저는 그분이 막 곤란해지는 건 또 싫어서.

**정현**

누굴 찾으시는데요?

**희영**

왜 그때 저랑 같은 병실에 입원해 있던 남자분 있잖아요.
삼촌 이름이 최윤재. 아세요?

**정현**

……?

**희영**

최윤재, 모르세요?

**정현**

……글쎄요.

**희영**

아… 그럼 혹시 찾아봐 주실 수는…. 선생님께선 환자들
어디 살고 그런 거…

**정현**

(말 자르며)

아뇨. 알지 못해요. 죄송합니다.

**희영**

아니요, 제가 죄송하죠. 선생님 곤란하시겠다.

**정현**

…그 최윤재라는 사람이 환자분한테 무슨 짓을 했나요?

**희영**

삼촌이요? 아니요, 무슨 짓이라뇨. 전혀요. 그런 거
아니고.

**정현**

그럼…?

**희영**

…….

**정현**

말씀하셔도 돼요.

**희영**

…아닙니다. 감사했어요. 얼른 가세요. 제가 바쁘신 분
괜히 시간만 뺏었네요. 가세요, 어서.

박정현이 가볍게 인사를 하곤 가던 길을 떠난다.
그러다 이내 우뚝 멈춰 서더니, 다시 최희영에게로 돌아온다.

**정현**

수술 끝나고 폐렴 때문에 고생하셨죠. 그것 때문에 한 달
더 입원하셨구요. …남편 분이 보호자로 종종 오셨구요.
아이를 데리고.

**희영**

맞아요. 신세민. 우리 애 이름이요.

**정현**

…네.
도움이 필요하신 거면 같이 올라가시죠. 진단서
내어드릴게요.

**희영**

네?

**정현**

기억났어요. 최희영 환자분. 그 뒤로도 남편 분한테
혹시…

**희영**

(말 자르며)

아, 아니요. 선생님. 그런 일 때문에 찾아온 거 아니에요.

**정현**

맞네요. 제가 도와드릴 수 있어요.

**희영**

…….

**정현**

당장이 힘들면 한번 고민해 보시고 다시 오세요.

**희영**

선생님.

**정현**

네.

**희영**

다들 알고 있었나요?

**정현**

글쎄요.

**희영**

저는 윤재 삼촌이 그냥 눈치가 빠른 사람인 줄 알았는데.

**정현**

최윤재 씨도 알고 있었나 봐요.

**희영**

도와줬거든요. 저랑 세민이를.

**정현**

어떻게…?

**희영**

…요즘 남편하고 평소보다 더 안 좋거든요. 제가 남편
몰래 우리 애를 빼돌렸… 그래요, 남편 말이 빼돌렸다죠.
제가 애를 다른 사람한테 맡겨뒀거든요. 그런데 그게
너무 서툴렀어. 제가요, 원래 그렇게 막 허술한 사람이
아니거든요.

**정현**

혹시 아이를 맡아주고 있다는 그 다른 사람이⋯ 최윤재
씨?

**희영**

⋯그런데 연락처 하나를 받아두지 못했네요.

**정현**

원래 알던 사이였나요? 최윤재 씨랑.

**희영**

아, 아니요. 병원에서 처음 봤는데요.

**정현**

그런 사람한테 애를 맡겨요?

**희영**

⋯⋯원래 계획이 있었거든요.

**정현**

계획?

**희영**

네. 계획. 저는 웬만한 일은 진짜 수천 번은 머릿속으로

돌려보고 실행에 옮기는 편이거든요. 그래서 뭐든
시작까지 한참이 걸리지만….

**정현**

…어떤 계획을 세우셨는데요?

**희영**

제가요, 맞아요, 남편을 좀 끊어 내볼까 싶어서요.
병원에 있을 때부터 여기저기 막 연락을 해봤거든요.
도와달라고. 고등학교 동창 애들한테 주로. 무조건
친한 사람보단 남편은 모르고 또 서울 아닌 데 살고…
조금 웃기는 얘긴데 저한테 일종의 빚을 진 적이 있는
사람들한테요. 그래야 더 잘 도와줄 것 같았거든요.
그런데 동창 중에 하나가 자기가 다니는 공장에 자리가
하나 났다고 원하면 자기가 회사에 얘기해 둘 테니
세민이 데리고 오라고… 그런 얘기를 막 하는 거예요.

**정현**

다행이네요.

**희영**

퇴원 날 남편이 세민이 전해주고 다시 회사로 가면,
저는 애 들쳐 업고 기차를 타러 가려 했어요. 한 시
십오 분, 6호차, 가장 뒷좌석. 적어도 저녁 전에는

도착할 수 있었을 거예요. 그런데 그 계획이…. 남편이 원래 세민이만 전해주고 갔어야 했는데요. 그래야 했는데. 그 자리도 날아가 버리고. 그런데 앞에 윤재 삼촌이 있더라구요…. 나보다 더 초조해서는. 그래서 일단이었어요. 정신이 없어서 뭐 하나 받아둔 게 없어요. 삼촌한테 연락이 닿아야 세민이를 좀 데려올 수 있을 텐데. 며칠 전에 전화가 왔어요… 공장에 자리가 다시 났대요. 세민이랑 이번엔 진짜 가려구요. 그래서 이렇게….

**정현**

일단 남편부터 신고를 하시는 게 어때요?

**희영**

해봤어요. 별거 없었거든요. …어쩌면 이대로 세민이를 찾지 못하는 게 더 나을지도 모르죠.

**정현**

왜요?

**희영**

윤재 삼촌은 우리 애 어떻게든 잘 키워보려고 애쓸 것 같아요. 돌도 안 지났거든요. 끽해봐야 공장 구석에 딸린 어디 쪽방에서나 살게 될 텐데, 어떻게 그런 데서 잘 키울

수 있겠어요. 삼촌은 우리 세민이 별 좋은 데로만 데리고 다닐 것 같아요. 아, 그러고 보니 혹시 돌잔치 하게 되면 세민이한테 청진기 쥐여주려고 했는데. 선생님 같은 의사 되라고요.

**정현**

……?

**희영**

선생님, 본인이 멋있는 거 아세요?

**정현**

제가요?

**희영**

그럼요. …아, 이제 가셔요. 아우, 내가 뭐라고 했는지도 모르겠네. 오랜만에 사람 붙잡고 이야기하니까 말이 안 멈춰서. 죄송해요. 감사해요. 어디 가시던 중이었죠? 얼른 가세요.

**정현**

퇴근하던 중이었어요.

**희영**

아, 얼른 퇴근하셔야죠. 어서.

**정현**

…저기.

**희영**

……?

**정현**

제가 알아볼게요.

**희영**

정말로요?

**정현**

네.

**희영**

제가 선생님 막 곤란하게 만든 건 아닌지 모르겠네요.

**정현**

아니에요.

**희영**

감사합니다, 감사해요. 저 다음 주에는 떠나야 하거든요.
저희 집 번호 알려드릴게요. 아, 저기 혹시 남편이 받으면
병원이라고 하시고 그냥 뭐 때 됐으니 검진받으러 오라는
식으로…

**정현**

(말 이으며)
둘러대면 되는 거죠.

**희영**

네, 네.

**정현**

환자분이 받으시면 어찌 됐는지 알려드리구요.

**희영**

네, 네. 감사합니다.

**정현**

…그리고.

**희영**

네.

**정현**

올라가서 진료받고 가세요.


**희영**

……아.


**정현**

필요 없더라도 받아두세요.


**희영**

…선생님, 퇴근하셔야죠. 고되실 텐데.


**정현**

지금이라도.


**희영**

괜찮아요. 정말로요.


**정현**

…그럼 이건 제 부탁으로 해요.


**희영**

…우리 선생님이 하시는 부탁인데… 들어드려야죠.


97

**정현**

이쪽으로.

**희영**

네.


박정현이 다시 병원 안으로 들어가고, 최희영이 그 뒤를 따른다.

## 5장

1994년 11월 21일(D+31). 밤. 박현오의 집. 육아용품들로 어지럽혀진 거실. 그 틈에는 현오가 자신의 작업을 위해 그려놓은 스케치도 함께 놓여 있다. 스케치는 끊어진 다리와 끊어진 철도의 부감이 서로 이어져 있거나, 겹쳐 있는, 혹은 서로를 연상케 하는 모양새. 박현오와 최윤재가 담요 위에 뉘어 놓은 신세민을 바라보고 있다.

**윤재**

하아… 겨우 잠들었네.

**현오**

아직도 불덩이.

**윤재**

약 먹였으니까 금방 괜찮아지겠지.

**현오**

…혹시 모르니까 내가 다른 약국도 다녀와 볼게.

**윤재**

가봤자 또 똑같은 거 줄 텐데.

**현오**

가만히 기다리고 있는 것보다 나아.

**윤재**

···형, 세민이 만약에 열 계속 나면···

**현오**

(말 자르며)

아, 됐어. 그럴 일 없어.

**윤재**

아니, 만약에 계속 그러면. 고모님한테 가는 건 안
되겠지?

**현오**

우리 고모?

**윤재**

어.

**현오**

···세민이 안 울고 잘 자네. 굳이 고모한테까지 갈 필요는
없을 것 같은데.

**윤재**

갑자기 태세 전환.

**현오**

고모한테 괜히 책잡히기 싫어.

**윤재**

이번에야 잘 넘어간다고 해도, 앞으로 세민이 종종
이렇게 아플 텐데. 그럴 때마다 우리끼리 발 동동
구르면서 넘어갈 수도 없는 노릇이니까.

**현오**

그래도 고모한테는 싫다니까.

**윤재**

그럼 견딜 수 있을 때까지는 견뎌보다가 어쩔 수 없다
싶으면 그때는 병원에 가는 걸로 해.

**현오**

유괴범 여기 있소, 하시게?

**윤재**

세민이 살리려고 데려온 건데, 우리가 세민이를 죽이면
어째. 그리고 그 유괴범 소리 좀 그만하지?

**현오**

맞는 말이구만.

**윤재**

그만하라고.

**현오**

알았어.

**윤재**

…만약을 생각해 보는 거야. 앞으로 세민이 돌보려면
우리 그 정도는 각오해야지.

**현오**

왜 계속 우리? 유괴는 니가 했지.

**윤재**

섭섭하네?

**현오**

너 잡혀가면 내가 옥바라지는 열심히 해줄게.

**윤재**

어머, 감사하네.

**현오**

…어제 내가 괜히 작업실에 데려가서.

**윤재**

에이, 아니야. 그래서 아팠으면 진즉에 여러 번 아팠지.

**현오**

나는 그냥… 잡지에서 보니까 아기들 찰흙 같은 거
만지게 하고 그러면 좋다고 해서.

**윤재**

그런 건 또 언제 보셨대.

**현오**

서점 갔다가. 눈에 들어오길래.

**윤재**

그래서 좋아하드나.

**현오**

애도 나중에 미대 보낼까 봐.

**윤재**

웃겨.

**현오**

세민아, 그러려면 얼른 나아야지.


**윤재**

세민이 옆에서 저걸 만들고 있었던 거야?


**현오**

…왜, 별로?


**윤재**

아니, 뭐. 근데 너무 그 다리여서. 맞지?


**현오**

…아무래도 그런가.


**윤재**

아니, 아니야. 무식한 내가 뭘 아나.


**현오**

뭘 또 그렇게 얘기하냐.


**윤재**

…전시 준비?

**현오**

아니, 저건 그냥. 다른 사람한테는 안 보여줘.

**윤재**

왜~ 나 괜한 말한 거야. 괜찮아 보이는데.

**현오**

됐어.

**윤재**

……그게 끝?

**현오**

뭐가.

**윤재**

아니 내가 이렇게 짧은 가방끈 자조하면서 자학하면 이건
저런 뜻이 있고 저건 또 저런 뜻이 있고… 원래 그렇게
미주알고주알 얘기해줬잖아.

**현오**

…그랬지.

**윤재**

그런데?

**현오**

…….

**윤재**

어?

**현오**

아, 세민이가.

**윤재**

세민이?

**현오**

세민이가 작업실에서 '삼촌'이라고 했어.

**윤재**

맘마 달라고 한 거 아니고?

**현오**

맘마랑 삼촌이 같냐. 진짜로.

**윤재**

누구세요?

**현오**

뭐래.

**윤재**

박현오 씨가 이럴 줄 알았나.

**현오**

내가 뭘 어떻다는 거야. 아니, 그냥 그랬다고.

**윤재**

세민이 첫걸음 떼는 것도 사진 좀 찍어둘걸. 그런 것들
차곡차곡 찍어뒀다가 나중에 세민이 다 크면 육아일기랑
찍어둔 사진들 모아서 선물로 주는 거지. 부럽더라고.
누가 자기네들 부모님이 그렇게 해줬다는 얘기 들으면.

**현오**

부러울 것도 많네.

**윤재**

그러게. 그런 거 애초에 없는 게 나았던 걸지도. 사장 형은
오랜만에 본가 갔더니 자기 어릴 때 사진들 죄다 모아서

태워버렸더래.

**현오**

과장해서 얘기했겠지.

**윤재**

아니, 나는 진짜 그랬을 거라고 생각해.

**현오**

…가게 다녀온 거야?

**윤재**

어? …어.

**현오**

…….

**윤재**

알아, 형이 별로 좋아하지 않는 거, 나도 잘 아는
데… 거기서 일하는 거 재밌어.

**현오**

그러다 또 그 사달 나면, 한 달씩 연락 두절 사라졌다가 또
생전 처음 보는 갓난아기 품에 안고 나타날 거야?

**윤재**

이제 안 그러지. 이제는 수상한 사람 보이면 죽어라 도망을 치든 죽어라 맞서든 그럴게. 우리 사이에 이제 세민이도 있는데 내가 다치면 안 되지. 그치? 세민아, 삼촌이 다치면 세민이가 곤란하지?

최윤재가 신세민의 이마에 손을 대어본다.

**윤재**

열 내린 것 같은데?

박현오가 신세민의 목에 손등을 대어본다.

**현오**

한시름 놨네.

**윤재**

다행.

**현오**

그래.

**윤재**

…나 그날 맞아서 다행이었을지도.

**현오**

아, 또 미친 소리 하지.


**윤재**

그날 그렇게 맞아서, 세민아, 우리도 이렇게 만났고.


**현오**

…최윤재 너 그거는 알아야 돼. 세민이, 우린 그냥
맡아주고 있는 거야.


**윤재**

…그런데 돌려줄 데가 어딘지 모르니까.


**현오**

그렇지만 맡아두고 있는 거라고. 너 진짜 유괴범이고
그런 거 아니라고.


**윤재**

알지, 알아.
세민아, 삼촌이 잘 맡아줄게-. 앞으로 쭉- 같이 있자-.


**현오**

내 말 이해한 거 맞지?

**윤재**

알겠다고. 저기, 형. 사장 형이 다시 나와도 된대. 자리
비워놨대.

**현오**

너 정말…. 됐어. 좀 더 쉬어.

**윤재**

나 충분히 쉬었어. 밤에는 형이 세민이 보고, 낮에는 내가
세민이 보고. 그렇게 하자.

**현오**

잠은 안 자냐?

**윤재**

돌아가면서 하면 어떻게든 되겠지.

**현오**

세민아, 이 아저씨가 이렇게 대책이 없다.

**윤재**

응? 나 일 다시 할게.

**현오**

…니 마음대로 해.


**윤재**

고마워.


신세민이 옹알댄다.


**현오**

야, 봤지! 들었지?


**윤재**

뭐가.


**현오**

방금 '삼촌' 했잖아…!


**윤재**

에~ 진짜?


**현오**

세민아 다시 해봐.

**윤재**

삼촌, 삼촌.


세 사람, 웃는다

## 6장

1994년 11월 22일(D+32). 저녁. 박현오의 작업실. 찰흙으로
빚은 미완의 부조 작업물이 중앙에 뉘어 있다. 전의 그 스케치를
구현한 것으로, 끊어진 다리와 끊어진 철도의 부감이 이어지거나
겹친, 혹은 서로를 연상케하는 모양새. 그 옆에는 신세민의
조그마한 손자국과 발자국이 찍혀있는 흙 판(캔버스에 찰흙을
붙여 만든)이 놓여있다. 박정현이 작업실에 놓인 것들을 살피고
있다. 커피를 타오던 박현오는 아차 싶어 커피를 내려놓고,
신세민의 흔적을 치운다.

#### 현오
작업실이 엉망이라.

#### 정현
그러게 왜 여기서 보재.

#### 현오
집이 더 엉망이라.

#### 정현
…그래?

**현오**

드셔요.


박현오가 박정현에게 커피를 건넨다.


**현오**

하실 말이 뭔데요?


**정현**

…혹시 윤재 그 애 너희 집으로 돌아왔니?


**현오**

그건 왜….


**정현**

고모가 궁금해서.


**현오**

…네.


**정현**

그래?

**현오**

고모가 윤재 별로 마음에 안 들어 하는 건 아는데, 우리 요즘 꽤 잘 지내고 있거든요.

**정현**

…내가 그 애가 별로인 건…

**현오**

(말 이으며)

남자라서.

**정현**

현오야, 고모 무시 말어. 고모 미국에서 유학도 다녀온 사람이야.

**현오**

(피식 웃곤)

그럼요?

**정현**

그 애 과하게 낙천적인 데가 있달까. 괜히 물들지 말어.

**현오**

물들긴.

**정현**

…왜 안 보여주고 싶었는데?

**현오**

……?

**정현**

이거 말이야.

**현오**

그냥.

**정현**

그냥?

**현오**

네, 그냥요.

사이.

**정현**

그날, 하필 병원에 지각을 했었는데.

**현오**

그날?


**정현**

70년 10월 17일.


**현오**

…….


**정현**

출근했는데 나한테 다들 묻는 거야. 왜 여기 계시냐고.
나는 그게 무슨 소린가 싶어서. 박정도랑 니네 엄마가
탄 열차가 그리됐다는 소식에도, 여전히 그건 또 무슨
소린가 싶어서. …그 일[1]을 기억하는 사람들은 내가 어디
열차 타고 다녀왔다고 하면, 괜히 지들이 먼저 눈치를
본다? 괜찮았냐고. 나는 그 소리도 또 무슨 소린가
싶었다가… 나중에야, 아… 싶지.


박현오가 옆에 둔 찰흙을 떼어다 작업물에 조금 더한다.


---

[1]  박정현이 언급하는 '그 일'은 '원주 삼광터널 열차 충돌 참사'로, 1970년
10월 17일 수학여행 중이던 인창고등학교 학생들을 태운 청량리발 제천행
열차가 맞은편에서 오던 화물열차와 충돌해 학생들을 비롯한 탑승객 여럿이
크게 다치거나 사망한 일을 일컫는다.

**현오**

그날…, 내가 길을 잃어버렸었나.

**정현**

그걸 기억해?

**현오**

맞아요?

**정현**

죽은 사람들이 많으니 조문객도 바글바글. 내가 니 손을
분명 잡고 있었거든. 근데 잠깐 한눈판 사이에 손이
비어있어. 애가 사라진 거야.

**현오**

…그냥 뭐 다 기억나는 건 아닌데. 그냥 그거… 엄마인가
싶은 사람이 앞으로 쑥 지나가길래 내가 그 사람 상복
자락을 잡아당겼었던 것 같아요. 나 좀 돌아보라고.
그런데 엄마가 아니야. 엄마는 아빠랑 영정 속에 있었지.
그런데 엄마인 줄 알았던 그분이 나를 확 밀쳤던 것
같아요. 그게 정말… 두고두고 서러웠어요. 시간이
그렇게 지났는데도 두고두고, 지금도 진심으로 서러워.

**정현**

…커피 맛이 왜 이러니.


**현오**

별로예요?


**정현**

싱거워.


**현오**

다시 타 드릴게요.


**정현**

됐어.


**현오**

…그날 얘기하려고 보자 했어요?


**정현**

응?


**현오**

봐야겠다고 하셨잖아요.

**정현**

아, 아니. 그건 아니었는데, 니 작업 보고 그냥 생각이
나서.

**현오**

…이럴까 봐.

**정현**

뭐가 이럴까 봐야. …내가 보자고 했던 건 너희 집에 있는
그 아기.

**현오**

…어? …무슨 아기?

**정현**

맞지?

**현오**

…뭐가요?

**정현**

하여튼 거짓말에 재주 없어. 그건 니네 엄마 똑 닮았지.

**현오**

정말로 무슨 말인지 모르겠는데.

**정현**

됐어, 그만해. 윤재 그 애가 아기 하나 데려갔을 거잖아.
아니면 더 큰일이고. 아니야? 윤재 혼자 왔어?

**현오**

…데리고 왔어요.

**정현**

아기 엄마가 나를 찾아왔어. 윤재 어디 있는지 아냐고
묻더라. 계획이 섰으니 이제 자기 아기도 되찾아
가겠다고.

**현오**

…그래요?

**정현**

윤재 그 애를 철석같이 믿고 있더라.

**현오**

…서운해하겠네.

**정현**

왜.

**현오**

아니, 세민이 있어서… 아, 세민이가 아기 이름. 세민이
있어서 최윤재 꽤나 즐거워했거든요.

**정현**

니들 둘이서 어떻게 그동안 잘 견뎠다.

박현오가 작업실 한쪽에 쌓아둔 책들을 가져온다. 각종 육아 관련
서적들.

**현오**

공부했어요. 가끔 재미도 있었는데.

**정현**

니가 아쉬워 보인다?

**현오**

아쉽긴. 세민이 다행이에요. 잘 됐다. 나는 우리가 진짜
유괴범 될까 봐 그게 걱정이었어요. 경찰차라도 옆으로
지나가면 괜히 심장 내려앉고.

**정현**

아기 엄마한테 연락해 둘게.

**현오**

윤재한테 전해둘게요.

**정현**

그쪽이 다음 주 안에는 떠나야 한다니까.

**현오**

아, 다음 주. 알겠어요. 집에 가면 바로 전할게.

**정현**

그래.

사이.

**정현**

고모 가볼 게 그럼.

**현오**

네.

**정현**

그런데 현오야.

**현오**

……?

**정현**

이 다리 아직 시기상조이지 싶다. 안 그러니?

## 7장

1994년 11월 22일(D+32). 늦은 저녁. 박현오의 집. 최윤재가
신세민에게 분유를 먹이고 있다. 그의 옆에는 먹이다 만 이유식
그릇이 놓여 있다.


**윤재**

이렇게 분유만 찾으면 어떡하니. 삼촌이 없는 돈
털어가며 유기농으로만 사서 만든 이유식인데. 당근 깎고
다져 넣느라 삼촌 팔 아우 빠지는 줄 알았다. 조금만 먹자.
너 이렇게 분유만 먹으면 안 된대. 이러다 뒤처진대. 그럼
나만 욕먹어. 알아들어 말어?


최윤재가 이유식을 한 수저 먹어본다.


**윤재**

…아주 건강한 맛이구만. 내일부터 다시 도전해 보는
걸로 하자? 대신 삼촌이 내일 아침에 퇴근하면서 장난감
같은 거라도 사 올게. 그러니까 내일은 잘 먹어보자?
세민이 알겠지? 그러고 보니 우리 아부지도 내가 입이
짧아서 자기가 얼마나 고생이었는지 모른다고 항상 그
소리였는데. 어떻게 세민이 너도 이래. 어머 혹시 세민이
너, 그새 나 닮아가나. 크큭. 옳지, 옳지. 됐다. 뭐라도 잘
먹으면 됐지. 잘했네, 잘했어. 아니 근데, 이놈의 현오

삼촌은 올 때 됐는데 왜 안 올까. 나도 출근해야 한다고 얘기했는데. 세민아, 현오 삼촌은 가끔 이렇게 재수 없을 때가 있다? 자기 하는 일만 대단하고 나 하는 일은 우습게 여길 때가 있거든요. 그런데 삼촌 일하는 데가 얼마나 중요한 데인지 아니? 거의 사랑의 오작교야. 사실 현오 삼촌이랑 삼촌도 우리 가게 수혜자라고. 그런데도 니네 삼촌은…. 그런 점이 좀 재수 없다는 거지. 막 싫다는 건 또 아니야. 이것도 너만 들어. 이렇게 오래 사귄 건 니네 삼촌이 처음이야. 웃겨, 아우 내가 너 데리고 별 얘길 다하네. 우리 아부지도 애기들은 좋아했는데.

최윤재가 발을 뻗어 거실 한쪽에 놓여 있던 전화기를 끌어온다. 번호를 누른다.

#### 윤재
내가 지금 뭐 하는 건지.

전화가 간다.

#### 윤재
어떻게 어떻게 세민아 전화 간다 가. 받지 마라, 받지 마라.

딸칵.

**윤재**

······여, 여보세요? ···아부지 저예요. 윤재.


사이.

**윤재**

아, 네. 이게 원래부터 저희 집 번호였어서.
아, 번호를 그대로 쓰신다구. 그러면 거기 살던 분이 저희
아버지세요, 네, 혼자 사시던, 네.
저, 혹시··· 원래 살던 분 이사 어디로 가셨는지 아세요?
아니면 새 번호라도.


······.


아니요, 아닙니다. 괜찮아요. 늦은 시간에 죄송합니다.
네, 들어가세요. 감사합니다.


최윤재가 수화기를 내려놓는다.


**윤재**

감사하긴 뭐가 감사.

최윤재가 끌어왔던 전화를 발로 멀찌감치 밀어버린다.

**윤재**

세민아, 우리 아부지 이사 갔대. 어디로? 어디로 간 걸까?
아무리 자식이 집 좀 나왔기로서니.

사이.

**윤재**

어, 다 먹었어? 잘했네, 세민이. 기특하네, 아우 기특해.
삼촌이 세민이 덕분에 살아.

최윤재가 입술로 신세민의 볼을 연거푸 물어댄다. 박현오가
현관문을 열고 들어온다.

**윤재**

삼촌 드디어 왔네.

**현오**

나 왔어.

박현오가 신세민을 안아보겠다는 듯 팔을 뻗는다.

**윤재**

흙 만지다 온 손으로 어딜. 씻구 와.

**현오**

아, 그래.

박현오가 부엌으로 가 손을 씻는다.

**윤재**

조금만 늦었으면 나 지각했어. 세민이 밥 다 먹였고,
이유식은 또 실패.

**현오**

그랬어?

**윤재**

그나저나 형, 나 아부지한테 전화해 봤다? 그런데 이사를
가셨다네? 번호도 다 버리고.

**현오**

…그랬어?

**윤재**

어, 너무하지. 어쩌겠어. 이제 나 꼼짝없이 형하고

세민이한테 붙어살아야지. 헤헤. 얼른 세민이 와서 받어,
나도 출근하게.

박현오가 다시 최윤재에게 돌아오더니, 받으라는 신세민은 받지
않고 멀뚱히 선다.

     **윤재**

뭐해.

     **현오**

어?

     **윤재**

아니 나도 출근해야 한다니까.

     **현오**

······그.

     **윤재**

왜 이러는데, 뭐 할 말 있어? 그런 거면 내일 퇴근하고
하지. 사장 형이 경고 세 번이면 해고라고 했단 말이야.

     **현오**

그게 그러니까.

131

**윤재**

아, 왜 이래.

**현오**

세민이.

**윤재**

세민이 뭐.

**현오**

세민이 엄마가 세민이 찾고 있대.

**윤재**

……어?

**현오**

곧 데리러 오겠대.

**윤재**

……아니 그게 무슨 소리야?

**현오**

고모가 작업실에 와서는…

**윤재**

(말 자르며)

고모님이 세민이를 어떻게 알아? 말 안 하기로 한 거
아니었어? 형, 이거 뭔 장난인데. 그만해. 안 웃겨.

**현오**

아니, 세민이 엄마가 고모를 찾아왔다잖아. 너한테
아기를 맡겨뒀는데, 혹시 니 어디 사는지 아냐고.

**윤재**

…정말이야?

**현오**

남편하고 떨어져 살 방법을 다시 구했대.

**윤재**

…계획이겠지.

**현오**

어?

**윤재**

방법이 아니라 계획을 세웠다고 했을 거야, 희영 씨는.

**현오**

아무튼.

**윤재**

…그래?

**현오**

어.

**윤재**

어머…. 너무 잘 됐다.

**현오**

그러니까.

**윤재**

세민아, 너무 잘 됐다.

**현오**

다행이지?

**윤재**

…어?

**현오**

다행이지 않냐고.

**윤재**

그러게, 다행이네.
다행이야.

박현오가 이제는 신세민을 자신에게 건네달라며 최윤재를 향해
팔을 뻗는다.

**현오**

안 가? 지각이라며.

**윤재**

…가야지, 갈 거야.

최윤재가 신세민의 머리에 뺨을 부빈다.

**8장**

1994년 11월 28일(D+38). 박현오의 집. 오전. 거실 한쪽에는
신세민의 육아용품들을 챙겨둔 가방이 놓여 있다. 최윤재는
부엌에서 이유식 만들기에 한창이다. 박현오는 신세민을 업고
창밖을 살피다가 최윤재에게 다가간다.

> **현오**
>
> 계획이 어그러진 건 아니겠지?

> **윤재**
>
> 어?

> **현오**
>
> 세민이 엄마 말이야.

> **윤재**
>
> 설마. 희영 씨 철저한 사람이야.

> **현오**
>
> 남편이 눈치채고 출근을 안 했다든지.

> **윤재**
>
> 열두 시 즈음에 온다고 했잖아. 아직 한참 남았어.

**현오**

나는 고모가 그렇게 남 일에 열성적인 거 처음 봤잖아.

**윤재**

…마음이 불편해서 그러는 거겠지.

**현오**

마음이 불편해?

**윤재**

고모님 말이야, 희영 씨 입원했을 때 과연 몰랐을까?

**현오**

……?

**윤재**

희영 씨 남편이 어떤 사람인지.

**현오**

야, 심하다. 우리 고모 그런 사람 아니야.

**윤재**

형도 가끔 고모님 매정하다 하잖아.

**현오**

그건… 가끔. 너, 우리 고모 몇 번 본 적도 없으면서.

**윤재**

없긴. 병원에 있을 때 매일같이 봤는데. 병원에서도 그래, 내 얼굴 뻔히 알면서도 처음 보는 사람인 척하시잖아. 아무래도 싫으신 거겠지.

**현오**

야, 아니야.

**윤재**

고모님 편들어?

**현오**

…고모는 니가 고모를 모른 척했다던데.

**윤재**

정말 그렇게 말씀하셨어?

**현오**

그래.

**윤재**

…….

**현오**

야, 됐어. 둘 다 그냥 아는 척을 할 타이밍을 놓친 거지.
언제 한 번 같이 식사라도 하자. 오해도 풀 겸.

**윤재**

…그러든지.

**현오**

근데 너 그렇게 불 앞에만 있어도 괜찮아?

**윤재**

뭐가.

**현오**

세민이 한 번이라도 더 안아 봐야 하는 거 아니냐? 이제
헤어지면 언제 만날지도 모르는데.

**윤재**

무슨. 먼 길 가야 할 텐데 먹을 거는 있어야 할 거 아니야.
희영 씨는 세민이 입맛 잘 모를 테고.

**현오**

먹여봤을지 어떻게 알아.

**윤재**

그럴 리가. 그랬으면 첫술에 꿀떡했겠지.

**현오**

아주 세민이 전문가 납셨네. 그치, 세민아? 삼촌이 아주 너 전문가야.

**윤재**

신나 보인다?

**현오**

나?

**윤재**

어.

**현오**

신나긴 무슨.

**윤재**

오늘도 작업실 안 가?

**현오**

왜. 나 보내고 둘이서만 작별 인사하려고.

**윤재**

아니. 분명 형 바쁘다고 했었던 것 같은데, 고모님 다녀간 뒤로는 작업실에 한번을 안 갔으니까.

**현오**

안 간 지 며칠이나 됐다고. 무슨 한번을 안 갔대.

**윤재**

어쨌든 안 갔잖아. 마감은 다가올 텐데.

**현오**

…나는 이번 전시에서 빠지기로 했어.

**윤재**

왜?

**현오**

아니, 그냥.

**윤재**

…그냥?

141

**현오**

어.

사이.

**윤재**

내가 왜 형한테 돌아올까 말까 망설였는지 알아?

**현오**

…뭐?

**윤재**

퇴원하고 말이야.

**현오**

뭐야 갑자기. 싸우자고?

**윤재**

…아냐고.

**현오**

…글쎄다. 왜 그랬는데?

**윤재**

속을 모르겠는 때가 있거든.

**현오**

…뭐, 나?

**윤재**

어. 이렇게 갑자기 '너는 말을 해줘도 모를걸?' 하는
순간들이 종종 있거든. 알지? 형, 나는 여태껏 다 말했어.
심지어 전 남친들이랑 있었던 일들까지 다.

**현오**

유치하게.

**윤재**

그냥 그렇다고.

**현오**

너야말로 자그마치 한 달 동안 연락두절됐었던 건 까맣게
잊으셨나 봐.

**윤재**

…….

**현오**

고모는 니 속을 모르겠다던데.


**윤재**

무슨.


**현오**

…주최하는 쪽에서도 아직은 이르다고 하고.


**윤재**

……?


**현오**

전시 말이야. 보여줬거든, 내가 여태 한 거. …아, 그리고
고모도 그렇게 말했고.


**윤재**

또 고모님이야?


**현오**

고모 말이… 맞는 것 같고.


**윤재**

…왜?

**현오**

어?

**윤재**

왜 맞는 것 같은데.

**현오**

…그냥.

**윤재**

또 그냥?

**현오**

최윤재, 괜히 무게 잡지 마. 나중에 이야기하자. 오늘은
세민이 보내는 날이잖아. 기분 좋게 보내줘야지. 그치
세민아? 삼촌이 계속 저러면 서운하지?

**윤재**

…….

**현오**

기분 풀자, 응?

**윤재**

어.

**현오**

그래.

**윤재**

세민아, 삼촌이 이거 요리책 뒤져가면서 찾은 레시피야. 맛있게 먹어야 해. …너 엄마한테 가서는 까다롭게 굴면 안 된다?

**현오**

안 그럴 거죠? 안 그런데.

**윤재**

…저기 형.

**현오**

어.

**윤재**

나 어떡하지. 부탁이 하나 있는데.

**현오**

부탁…?

**윤재**

어…, 내가 깜빡하고 당근을 안 사 왔네.

**현오**

사와 달라고?

**윤재**

아니 세민이가 당근을 좋아하더라고. 아우… 꼭 당근이
들어가야 입을 벌려.

**현오**

그냥 오늘은 빼고 하지. 세민이가 괜찮대. 그치, 세민이
당근 안 먹어도 괜찮죠?

**윤재**

아, 아니야. 있어야 돼. 먼 길 가는데 못 먹어서 배고프면
어쩔 거야.

**현오**

진심이야?

147

**윤재**

응, 진심. 세민이 이리 줘.

**현오**

아….

**윤재**

어차피 요 앞이잖아. 그것도 못 해줘?

**현오**

아…….

**윤재**

아, 얼른.

**현오**

알았다.

최윤재가 요리를 잠시 멈추고 박현오의 등에 업힌 신세민을
건네받는다. 업는다.

**현오**

당근만 있으면 되는 거지? 한 번에 말해. 또 시키지 말고.

**윤재**

어.

**현오**

다녀올게. 혹시 그사이에 두 사람 오면 붙잡아 놓고 있어. 세민이랑 나 인사도 못하고 헤어지게 하지 말고.

**윤재**

열두 시에 온다했다고. 아우, 아직 한-참 남았네.

**현오**

알았는데, 혹시나.

**윤재**

지금 그 시간에 다녀왔겠다.

**현오**

알겠어. 세민아, 삼촌 갔다 올게. 조금만 기다려.

박현오가 겉옷을 걸치고 집을 나선다.

**윤재**

갔다 와-. ……갔어? 형, 간 거야?

최윤재가 현관문 밖을 내다본다. 창밖을 살핀다.


**윤재**

세민아, 삼촌 갔네. 박현오 저거 멍충이지? 세민이 너
당근은 절대 안 먹는데. 그것도 모르고. 그치?


최윤재가 방으로 들어가더니 단출한 가방 하나를 들고나온다.


**윤재**

가자.


최윤재가 집 한쪽에 챙겨두었던 신세민의 짐까지 챙겨 든다. 둘은
집을 나선다.

## 9장

1994년 11월 28일(D+38). 오후 한 시 즈음. 박현오의 집. 부엌
식탁에는 비닐봉지에 담긴 당근이 놓여 있다. 최윤재와 신세민이
사라진 이곳에 박현오, 박정현, 최희영이 있다.박현오는 식탁에
올려둔 당근을 바라보고 있고, 박정현은 거실 창 앞을 배회하고,
최희영은 신세민을 뉘었던 담요 옆에 앉아있다.

### 정현

내가 그랬잖아, 윤재 그 애 속을 알 수가 없다고.

### 희영

윤재 삼촌 아무래도 무슨 일이 있는 거겠죠.

### 정현

현오야, 짐작 가는 데도 없어?

### 현오

…….

### 정현

희영 씨, 기차 시간 괜찮아요?

**희영**

아직은. 그리고 혹시 놓치면 어쩌나 싶어서 다음 것도
끊어놨구요.

**정현**

내가 대신 미안해요.

**희영**

아니요, 괜찮아요. 큰일은 아니어야 할 텐데요. 저기…
윤재 삼촌한테 얘기 많이 들었어요. 제가 두 분 연애사
아주 꿰고 있답니다.

**현오**

…….

**희영**

아, 정신이 없어서 인사도 제대로 못 했네요. 윤재 삼촌이
틈만 나면 애인 분 얘기를 했어요. 어떤 분이신가 했는데
이렇게 뵈어요.

**현오**

…뭐라고 하던가요.

**희영**

네?


**현오**

틈만 나면 얘기했다면서요.


**희영**

아, 갑자기 떠올리려니 생각이….


**현오**

최윤재랑 많이 친하셨나 봐요.


**희영**

그럼요. 좋은 말동무였거든요.


**현오**

고모 말이 맞아요.


**희영**

…네?


**현오**

최윤재는 겉만 요란하고 속은 도통 알 수가 없거든요.

사이.

**희영**

벌써 한 시간.

**정현**

큰일이네.

**희영**

아무래도 당근 말고 또 뭐가 필요했나. 뭐 대단한
재료라도 넣어주고 싶었나 보다. 그래서 뜻하지 않게
멀리 갔나.

**현오**

왜 최윤재랑 친했는지 알겠네.

**정현**

현오야.

**희영**

……?

**현오**

최윤재 이번에는 돌아오지 않을 거예요.

**희영**

…그럼 우리 세민이는요. 윤재 삼촌 돌아와야죠.

**현오**

최윤재 그거 겉으로만 사람 챙기는 척, 애쓰는 척하지. 남
불안하게 만드는 재주가 있거든요. 지금도 봐요.

**희영**

…아, 오늘까지는 가기로 했는데. 공장 쪽에서도 이번이
정말 마지막이라고. 자리 마련해준 친구도 눈치 엄청
보였을 거거든요. 그러니까… 윤재 삼촌 이러면 안
되는데. 정말… 안 되는데.

**정현**

…내가 뭐랬어.

**현오**

고모. 고모 집에서 내 방 좀 없애요.

**정현**

뭐가.

**현오**

나 그 집에 내 방 있는 거 되게 별로거든.

**정현**

지금 그런 얘기 할 때야?

**현오**

…고모가 나서지만 않았어도.

**정현**

그거 무슨 말인데.

**현오**

됐어요.

**희영**

저기 아무래도 안 되겠어요. 같이 나가서 찾아봐요. 아, 혹시 길이 엇갈릴지도 모르니까 한 분은 여기 계시는 게 좋겠다. 윤재 삼촌이, 그래, 세민이 보내기 전에 아쉬워서 같이 동네 산책 좀 한다는 게 이렇게 길어졌는지 몰랐나 봐요. 볕이 좋아서 그런가 보다. 볕 좀 쬐다 보니까 시간 가는 줄 몰랐나 봐요.

**현오**

아니라구요. 걔 갔다구요.

**정현**

신고하자.

**현오**

……?

**정현**

그럼 어떡하니. 이렇게 그냥 마냥 기다려? 걔가 애한테
무슨 해코지라도…

**현오**

(말 자르며)

고모, 그건 아니야, 그건.

**희영**

…아, 어떡하지.

**정현**

그럼 어떡하라고!

**희영**

…우리 세민이 건강히 잘 지낸 거 맞죠?

**현오**

최윤재 잘 아신다면서요.


**희영**

잘 지낸 거 맞죠?


**현오**

이유식 한 솔 해둔 거 안 보이세요? 걱정 마세요.


**희영**

…선생님, 아무래도 신고를 하는 게 좋겠죠?


**정현**

아무래도.


**현오**

고모.


**정현**

니가 결정할 일 아니야.


**희영**

전화 좀… 쓸게요.

**현오**

혹시 모르니까.

**희영**

······?

**현오**

혹시 모르니까 오 분만 더 기다려 봐요. 혹시 모르니까···!

**희영**

···전화 저거 쓰면 되나요?

**현오**

······.

**정현**

희영 씨, 걱정 마세요. 아이 찾을 테니까. 무사할 테니까.

최희영이 전화기에 다가간다. 박현오가 전화기를 낚아챈다.

**정현**

너 뭐 하니?

**희영**

저기요, 전화 주세요.


**정현**

현오야, 이러지 마.


**희영**

전화 달라구요!


…박정현과 최희영은 더 이상 최윤재를 기다릴 여지가 없다.
박현오는 둘을 바라보다가 본인 손으로 112에 전화를 건다.


**현오**

여보세요. …신고를 하려구요. 누가 아기를 데려갔어요.
사라졌어요. 또.

## 10장

1994년 12월 25일(D+65). 크리스마스. 저녁. 종로의 어느 게이
바. 최윤재가 일하던 바로 그 가게. 사장 형이 가게 한쪽에 마련해
둔 노래방 기계로 캐럴을 부르고 있다. (어쩌면 그해 막 발매된
머라이어 캐리의 'All I want for Christmas is you') 들뜬 목소리로
재잘대는 다른 손님들과 달리 박현오는 입을 꾹 닫고 앉아있다.
그는 족히 6명은 앉을 수 있는 테이블을 굳이 혼자 차지하고
앉았고, 시켜놓은 안주와 맥주에는 손도 대지 않은 듯하다. 사장
형의 노래가 끝나고, 손님들은 박수를 보낸다. 무대를 마친 사장
형이 박현오에게로 다가와 그가 시켜둔 맥주를 도로 가져간다.

**현오**

마실 건데요.

**사장**

차가운 걸로 다시 줄게.

**현오**

…괜찮은데.

**사장**

있어 봐.

사장 형이 맥주 두 잔을 가져오더니 박현오에 마주 앉는다.


**현오**

……?


**사장**

나도 같이 한잔 하려고.


**현오**

저는 괜찮…


**사장**

(말 자르며)

괜찮으시겠죠, 손님은. 사장인 나는 곤란해서. 안주 하나
제대로 안 시키면서 누가 6인석을 떡하니 차지하고
앉아있으니. 곤란한 게 아니라 사실 억울하지. 잘못은
윤재 녀석이 했는데 벌은 왜 내가 받고 있나.


사장 형이 맥주를 들이켠다.


**사장**

요즘 컴플레인이 너무 잦아. 음침한 사람 한 명이 죽을
치고 앉아선 물을 흐린다나.

**현오**

…….

**사장**

저기, 나는 정말 몰라요. 윤재 어디로 갔는지. 정말로.

**현오**

…정말요?

**사장**

정말이지.

**현오**

한 달이 다 되어가요.

**사장**

알지, 알아.

**현오**

그런데 어떻게 이래요.

**사장**

…저기, 현오 씨 맞지?

**현오**

(끄덕)

**사장**

그래 현오 씨. 매달 말일에 우리 가게에서 모임이 있어.
거기서 새 짝꿍 찾는 사람 많이 봤다? 그런데도 나가고
해야…

**현오**

(말 자르며)
아니요.

**사장**

내가 딱해서 그래. 떠난 사람 계속 붙잡고 있으니까.

**현오**

…….

**사장**

아, 여기 이렇게 와서 앉아있다고 내가 도와줄 수 있는
방법이 없어. 나도 모르거든. 나도 걔 갑자기 사라져서
대타 찾느라 얼마나 곤란했는지 몰라.

**현오**

…아실 것 같은데요.

**사장**

아, 정말. 속고만 살았나.

**현오**

윤재한테 잘 해주셨으니까.

**사장**

내가 윤재한테 잘해준 건, 뭐 특별히 귀여워서 그랬던
게 아니야. 나도 집도 절도 없던 시절 있었으니까.
윤재 그 애가 나타나서는 도와달라는데, 어릴 때 나
보는 것 같았어. 그러니까 어떻게 안 도와주고 배겨.
집은 뛰쳐나왔다지, 잘 데는 없다지, 배는 또 고프다지.
…그때는 그랬어. 딱했어.

**현오**

지금은요?

**사장**

나는 유괴 같은 건 한 적이 없어서 말이지.

**현오**

…….

**사장**

내가 또 매정한 데가 있어. 이건 아닌데 싶거나,
끊어내야지 싶으면 바로 딱. 깔끔하게 끊어낸다니까.

**현오**

…사장님이 정말 안 돕고 있는 거라면, 걔는 지금 정말로
혼자라는 건데.

**사장**

……괜찮을 거야.

**현오**

어떻게 아세요?

**사장**

어?

**현오**

어떻게 아시냐구요.

**사장**

…아, 어떻게 알긴…! 윤재 걔가 얼마나 생활력이 강한데. 길바닥에 나앉아도 사람 잘만 사귀고, 잘만 자고, 잘만 먹고, 잘만 싸고 그럴 애라고. 현오 씨, 나도 알려줄 수 있으면 알려주고 싶어.

**현오**

정말 정말로 모르신다구요.

**사장**

그래, 정말 정말로.

사이.

**사장**

현오 씨가 나 싫어하는 거 알아.

**현오**

예?

**사장**

윤재 걔가 눈치를 하도 많이 줘서. 내가 몇 번 둘이 같이 놀러 오라고 했었는데, 자기 애인은 시끄러운 데는 딱 질색한다면서, 손사래를.

167

**현오**

…싫어한다기보단.

**사장**

그럼?

**현오**

…….

**사장**

싫어하는 거 맞네.

**현오**

저는 조용한 게 편해서요.

**사장**

조용한 거 편한 사람이 근 한 달 동안 밤마다 여기 와서
이러고 있어. 윤재 그 녀석이 현오 씨 마음 좀 알아주면
좋을 텐데.

박현오가 의자에 걸어둔 겉옷을 챙겨 입는다.

**사장**

가려고?

**현오**

이제 이것도 못 하겠어요.

**사장**

…그래. 그래도 이제 이렇게 면 제대로 텄으니까 놀러 오기도 하고 해. 미술 한다고 그러지 않았나, 나 전시회 가는 것도 좋아해. 의외로 교양이 넘치는 사람이라. 그런 거 있으면 불러 내가 꽃다발 큼지막한 거 하나 들고 가야지.

**현오**

윤재가 사장님은 사람들한테 너무 과히 친절한 게 문제라고 했던 게 생각이 나네요. 쓸데없이 정이 많으시다고.

**사장**

걔가 그랬어?

**현오**

…계산할게요.

박현오가 계산대 앞으로 향하는 찰나, 가게의 전화가 울린다. 계산을 위해 박현오를 뒤따라온 사장 형이 전화를 받는다.

**사장**

잠시만. 네, 여보세요.

사장 형의 시선이 박현오에게 잠시 닿는다.

**사장**

…어, 어. 아냐, 괜찮아. 말해. 그래, 그래. 알았어. 근데
지금 바빠서 내가 이따가 돈 부치고 다시 전화해 줄게.
조금만 기다려. 금방이야. 그래, 응.

사장 형이 전화를 끊는다.

**사장**

…보자보자, 얼마가 나왔나.

**현오**

윤재예요?

**사장**

…어? 아니.

**현오**

잘 지낸대요? 세민이는 괜찮대요?

**사장**

⋯⋯저기 현오 씨. 아니야. 윤재 아니야.

**현오**

⋯⋯.

**사장**

기분이다, 크리스마스니까 오늘 건 내가 산 걸로. 좋지?

**현오**

⋯저기, 사장님.

**사장**

다른 데 가서 소문내지 마. 나 계산은 원래 철저한
사람이야.

**현오**

⋯그냥 몸 잘 챙기라고, 무사하라고 전해주세요.. 부탁 좀
드릴게요. 꼭.

**사장**

⋯⋯.

박현오가 가게를 나가려 한다.

171

**사장**

저기, 잠깐…! 잠깐 있어봐. …아, 내가 정말 약속했는데.
윤재 걔 말이 딱 맞아. 내가 쓸데없이 정이 많아. 윤재 잘
있어. 잘 있다고.

**현오**

걔 지금 어디 있어요?

## 11장

1994년 12월 31일(D+71). 자정이 가까운 시간. 낯선 동네의 소란스러운 번화가. 눈이 내린다. 최윤재가 신세민을 끌어안고 여관방에서 나온다. 그의 품에 들린 신세민의 온몸이 불덩이다.


**윤재**

세민아, 응, 응. 괜찮아, 괜찮아. 삼촌이 금방 낫게 해줄게. 우리 조금만 참자. 조금만. 세민아, 뭐가 문제였을까. 방이 너무 추웠나, 그러고 보니 그저께부터 삼촌도 목이 좀 칼칼했는데. 혹시 나한테 옮은 건가. 아, 그 약사 돌팔인가 봐. 다른 약국에라도 가보자. 응? 아, 근데 약국이 도대체 어디 있는 거니. 어떡하지, 세민아? 어디로 가는 게 좋을까. 그냥 우리 가게로 갈까. 그때까지 참을 수 있겠어? 아, 아니야. 우리 거기로는 가지 말자. 내가 멍 자국 좀 가라앉았다고 그새 깜빡했네. 그럼 이제 돌아갈까. 아부지 집으로…? …근데 그게 어디지?


최윤재가 별안간 길 한복판에서 걸음을 멈춘다. 맞은편에서 다가오는 누군가를 본다.


**현오**

찾았다.


173

다가오던 이는 박현오.

**윤재**
형이 어떻게?

**현오**
잘 지냈어?

**윤재**
…응.

사이.

**윤재**
아, 잘 지냈어?

**현오**
어. 경찰이 너 찾고 있어.

**윤재**
알아…. 아.

**현오**
왜?

174

**윤재**

사장 형이구나. 그 형이 가르쳐줬구나.

**현오**

(끄덕)

**윤재**

아, 진짜….

**현오**

너는 왜 맨날 말 한마디 없이 사라지는데.

**윤재**

미안.

사이.

**윤재**

세민이가 아파.

**현오**

뭐? 봐, 무슨 일 있었어?

**윤재**

모르겠어. 어제부터 계속 열이 나. 어떡하지?

**현오**

약은?

**윤재**

먹였지. 그런데도.

**현오**

세민아, 현오 삼촌 오랜만에 보네. 그치? 세민이
아프구나. 어째. 힘들었겠네.

**윤재**

야, 돌아가자.

**윤재**

응?

**현오**

돌아가자고.

**윤재**

…아니.

**현오**

너 왜 이러는 건데.

**윤재**

약속했단 말이야. 내가 잘 돌보기로.

**현오**

야, 그거 다 끝났어…!

최윤재는 신세민을 더 세게 끌어안는다. 박현오로부터 한 발짝
물러난다.

**현오**

세민이 기억하는 거야.

**윤재**

뭐를.

**현오**

지난번에 세민이 열나서 고생했을 때, 니가 니 입으로
그랬잖아. 나중에 세민이가 또 아플 때, 그때는 정 방법이
없으면…

**윤재**

자수라도 하겠다고?

**현오**

세민이가 너 이제 그만하라고 이러는 건가 봐. 멈추라고.

최윤재가 자신의 품 안, 한껏 붉어진 신세민의 얼굴을 내려다본다.

**현오**

최윤재, 정신 차려.

**윤재**

실수였어.

**현오**

뭐가.

**윤재**

형한테 돌아갔던 거.

**현오**

너무하네, 진짜. 진심이야?

178

**윤재**

…….

**현오**

진심이냐고.

**윤재**

(끄덕)

사이.

**현오**

가.

**윤재**

…….

**현오**

가라고.

최윤재가 신세민을 안은 채로 박현오로부터 돌아선다. 둘은 또다시
멀어진다.

**윤재**

곧 새핸데. 같이 카운트다운하면서 케이크에 초도
불고 하려 했는데. 세민아, 삼촌 좀 믿어줘. 삼촌이
노력할게. 응? 너… 아니지? 맞아? 정말 대답하고 있는
거야? 옹알대는 대신에 몸에 열을 내서? 정말 그런
거라면… 세민이 너 너무한다. 어떻게 아픈 걸 이용하니.
그렇게까지 해서… 나한테… 아기가 어떻게 벌써 그런 걸
알아. 그건 평생 몰라도 되는 건데. 몰라야 하는 건데.

최윤재가 서서히 멈춰 선다.

**윤재**

그만 울어. 그만 아파.

어느새 그는 새해 카운트다운을 위해 몰려든 인파들 틈에 있다.
그리고 그의 눈에 경찰차 한 대가 들어온다. 빨갛고 파랗기를
반복하는 경광등 불빛이 윤재를 가로막는다.

**윤재**

어머, 세민아, 어떻게 이래. 믿었는데. 나는 너 진짜 잘
키울 수 있을 거라고.…세민아. 우리 여기서 끝이네.

"십, 구, 팔, 칠, 육, 오, 사, 삼, 이, 일…!" 외치는 행인들. 이따금
서로를 부둥켜안는 사람. 새해가 왔음에 감격하는 사람들.

180

소원을 비는 사람들. 그 곁을 최윤재가 신세민을 안고 지나쳐
경찰차로 향한다.

**윤재**

세민아, 건강해야 해. 또 보자.

최윤재가 경찰차의 창문을 두드린다. 차창이 내려가고, 그가
허리를 숙여 창 안쪽을 향해 외친다.

**윤재**

저 저 좀 도와주세요. 저… 그러니까… 제가요 아이를…
아이를 유괴했어요.

( 2부. 2014년 )

## 1장

2014년 4월 5일(D-11). 이른 아침. 지방의 어느 병원 부속
장례식장. 이곳의 빈소들 중 가장 작은 6호실. 장례를 치르고
있지 않아 텅 비어있는 이곳에 장례지도사 최세민이 누워있다.
잠에 들어있다. 그는 지금 꿈속에서 낯선 얼굴의 망자와 마주하고
있다. 누워있는 망자의 몸은 여느 때의 시신보다 차갑고 딱딱하다.
죽은 자가 천천히 몸을 일으킨다. 입을 오물댄다. '무언가를
뱉으려는 걸까, 무슨 말을 하려는 걸까.' 최세민이 궁리하며 꿈
밖의 몸을 뒤척인다. 꿈속의 발을 뒤로 내딛는다. 망자의 차가운
손이 뒷걸음치려는 최세민의 팔뚝을 낚아챈다. 오물대던 입으로
최세민에게 무어라 속삭인다. 최세민, 깨어난다.

**지수**
괜찮아?

꿈 밖에는 윤지수가 있다. 최세민은 몸을 일으키고 주변을
돌아본다.

**지수**
무슨 꿈을 꿨길래, 경기를. 내가 다 놀랐네.

**세민**
선배가 어쩐 일.

183

**지수**

아, 출근 전에 잠깐 들렀어.

**세민**

뭐야, 몇 신데? 아 씨, 나 입관 준비하러 내려가야…

**지수**

(말 자르며)

아니야, 아니야, 아직 더 자도 돼. 여유 있어.

**세민**

놀래라.

**지수**

팀장님이 너 여기서 쉬고 있다길래. 걔는 맨날 거기 가서 누워있더라? 그러시면서.

**세민**

맨날은 무슨. 선배님은 힘이 남아도나 봐. 출근도 하기 전에 이렇게.

**지수**

반갑지?

**세민**

왜 온 건데.

**지수**

아, 맞다. 커피.

윤지수가 옆에 놓아둔 커피 두 잔을 들어 보인다. 한 잔은 뜨거운 것, 한 잔은 차가운 것.

**지수**

내가 후배님 모닝커피 좀 챙겨드리려고 왔지. 뜨거운 거? 차가운 거?

**세민**

차가운 거.

최세민이 윤지수에게 건네받은 차가운 커피를 들이켠다.

**지수**

팀장님 말마따나 멀쩡한 숙직실 놔두고 왜 여기서 자냐. 그러니 꿈자리가 사납지.

**세민**

몸 좀 지지려고.

**지수**

여기 보일러 아직도 안 고쳤어?

**세민**

덕분에 딱 이 자리만 대책 없이 뜨겁잖아.

윤지수가 최세민이 누워있던 자리에 손을 얹어본다.

**지수**

이건 뭐 몸을 지지는 수준이 아니라 익겠다 익겠어.

**세민**

어젯밤에 열이 좀 있길래. 안 되겠다 싶어서.

**지수**

아프면 병가를 내고 병원에 가야지.

**세민**

그 정도는 아니었고.

**지수**

어떻게, 약이라도 사와?

**세민**

유난 떨지 마세요. 어제 일이 좀 빡세서 아 차라리 아픈 게 낫겠다- 그랬는데 진짜 열이 나버리더라.

**지수**

후배님, 운동은 하니?

**세민**

참견 마.

**지수**

운동해야 돼, 나 좀 봐라. 매일 같이 새벽 수영 다니면서 체력을 길러놓으니까 이렇게 출근 전에 티타임도 하잖아.

**세민**

그것도 그만둔 직장에서? 이렇게 맨날 오실 거면 다시 여기로 복직을 해.

**지수**

일이 빡세?

**세민**

지금 1호실이 새로 온 병원장 지인인데 겁나 까다로워. 아, 아침 먹고 가. 1호실에서 외부 업체 끼고 들어왔는데 장난 아니야. 전이 종류별로 있더라.

**지수**

나 먹고 왔어.

**세민**

벌써?

**지수**

아침형 인간.

**세민**

어… 그러고 보니 꿈속에 그 사람, 선배랑 좀 닮았네.

**지수**

나?

**세민**

선배 몸조심해라.

**지수**

아니 무슨 꿈이었길래.

**세민**

죽었다가 깨어나선.

**지수**

누가? 내가?

**세민**

아니, 선배가 아니라. 선배랑 닮은 사람이.

**지수**

그래서? 깨어나선?

**세민**

뭘 계속 우물 우물거려. 나는 나한테 뭘 뱉으려는 줄
알았는데. 갑자기 바짝 다가와서는 내 이름을 부르잖아.
그런데 '최세민' 아니고 '신세민,' 그러는 거야. 내가
어떻게 바꾼 성인데. 그러곤 꺼내달라고. 꺼내달래.

**지수**

야, 잠깐만… 잠깐만 있어봐.

윤지수가 핸드폰으로 무언가 검색해 본다.

**세민**

뭐 하는데.

**지수**

무슨 꿈인지 알아봐야지. 지금 내가 죽었다잖아.

**세민**

선배가 죽은 게 아니라 선배가 닮은 사람이. 그리고
죽었다가 깨어났다니까.

**지수**

아, 그것도 싫어!

**세민**

여기 계신 망자들 서러워 살겠나.

**지수**

아, 괜히 왔어. 아침부터 찜찜한 얘기나 듣고.

**세민**

남의 꿈 갖다가 유난 그만 떨어. 쓸데없이 와선 시답잖은
소리나 하고. 진짜 뭔데. 왜 왔냐고.

**지수**

너 걱정 돼서 왔다. 팀장님이 어제 전화 와서는 니가 요즘 통 기운이 없다고 그래서. 하루 쉰 종일 그만두고 싶다는 말만 달고 살고.

**세민**

먼저 그만둔 사람이 걱정할 건 아니지.

**지수**

아니 그리고….

**세민**

그리고 뭐.

**지수**

…….

**세민**

아, 뭐~

**지수**

다음 달이면 벌써 너희 어머니 기일이구나 싶더라고. 야, 내가 이렇게 의리가 있다. 그만둔 회사 후배의 어머니 기일까지 기억하고.

191

**세민**

참 고맙네.

**지수**

너 일 시작하고 처음 맞는 거니까. 그래, 신세민이 최세민
되고 처음 맞는 거기도 하겠고. 꽤나 생각 복잡하겠다
싶었고. ……그런 거지?

**세민**

…허, 그런 거긴.

**지수**

해도 거진 다 뜬 것 같은데. 한 바퀴 돌고 올래? 아직 시간
있어. 오늘 날씨 좋던데.

**세민**

됐어, 조금이라도 더 쉬다가 내려갈래. 아, 왜 일찍
깨워서는. 오늘 무연고 장례까지 치러야 한단 말이야.

**지수**

수면만큼 비타민D 중요하다. 햇볕 좀 쬐어 줘야 해.
봄이잖아. 금방 지나간다고. 아, 나중에 올 때 너 영양제
몇 개 사 와야겠다. 그게 아니라 이참에 팀장님이랑 다른
분들 것도 챙겨오든지 해야지. 이렇게 밤낮없이 일하는

사람들은 건강을 더 살뜰히 챙겨야 해.

**세민**

…….

**지수**

싫어?

**세민**

쓸데없는 소리 하는 거 보니 그만 가셔야겠네.

**지수**

왜 벌써 보내려고 드냐. 난 아직 커피 한 모금도 못
했는데.

**세민**

뭐 또 할 말이 남았어?

**지수**

너 진짜 그만둘 거야?

**세민**

내 마음이지.

**지수**

진짜?

**세민**

그만 좀 캐물어.

**지수**

…아, 사무실 분위기는 또 왜 그러냐. 다들 근심이
한가득이더라. 새 병원장 전에 있던 데서 악명 높았대.
돈 되는 것만 하려고 해서. 팀장님은 벌써부터
걱정이 아주… '아마도 무연고 장례부터 잘리겠지-'
그러시던데? '우리 목도 잘리는 건 아니겠지?' 그러시고.

**세민**

자르면 잘리지 뭐.

**지수**

배짱은.

**세민**

……무연고 장례도 좋은 뜻인 건 알겠는데, 굳이 왜
우리까지 해야 하나 싶었고. 그거 없어지면 일은 좀
줄겠네 싶기도 하고.

**지수**

너무하네.

**세민**

그만둔 사람이 할 소리는 아닌 것 같은데.

**지수**

칫.

**세민**

그 사람은 싫어할 듯.

**지수**

누구?

**세민**

얼마 전부터 누가 무연고 장례할 때마다 꼬박꼬박 조문을
오더라고. 사는 게 심심한지. 무슨 어디 대학 교수라던데.

**지수**

교수~? 돈 많이 벌겠네. 부조라도 많이 하고 가라고 해.

**세민**

그거 알아? 선배가 돈 얘기하면 되게 웃겨. 위선적이야.

**지수**

야, 나도 요즘에는 내가 쓸 돈 내가 많이 벌어.

**세민**

…아, 의욕 떨어져. 진짜 잘리기 전에 내가 먼저 그만둘까.

**지수**

야, 일어나. 우리 나가서 진짜 볕 좀 쬐면서…

**세민**

(말 자르며, 별안간 성내는)
아, 그 볕 쬐자는 말 좀 그만해!

**지수**

…뭘 그렇게 버럭이야. 생각해서 하는 말에. …참 나.

**세민**

사무실 분위기 그건… 선배 말대로 새로 온 병원장
때문에. 안 그래도 매출 늘리라고 벌써부터 잔소리가
많아. 어제 우리 사무실에 들이닥쳐서는 수의며, 관이며,
꽃이며, 리무진이며 잘 좀 끼워 팔아보라고.

**지수**

팀장님도 종종 그런 말 했잖아.

**세민**

전에는 그래도 사람 봐 가면서 했지. 병원 측에서 아예 대본을 써서 내밀더라. 이제는 그냥 그대로 읊으라고.

**지수**

마지막 가는 길이라도 더 챙겨드리라는 식?

**세민**

그럼 열에 아홉은 무리해서라도 하니까.

윤지수가 피식댄다.

**세민**

뭐야.

**지수**

그래, 니가 그만두긴 뭘 그만둔다고.

**세민**

……?

**지수**

팀장님한테 걱정 붙들어 매시라 전해드려야지.

**세민**

아니야, 나 그만두고 싶은 거 맞아.

**지수**

알았어.

**세민**

진짜야.

**지수**

알았다구.

**세민**

짜증.

**지수**

그나저나 나도 고민이 좀 있는데.

**세민**

뭐.

**지수**

내가 요즘 데이트를 하거든.

**세민**

뭐야, 남친 생겼어?

**지수**

엉.

**세민**

진짜 최악이다. 남 걱정하는 척하면서 결국 지 자랑하러
온 거 아니야, 이 아침 댓바람부터.

**지수**

아니, 아니. 끝까지 들어봐. 아니지 그전에. 어떤 비난도
하지 않기로 맹세해.

**세민**

하아.

**지수**

(손바닥을 들어 보이며)
얼른 맹세하라니까. 맹세.

**세민**

(어물쩍)
맹세.

**지수**

그러니까 내가 데이트를 하긴 하는데, 그게…

**세민**

뭘 이렇게 쪼아

**지수**

랜선으로….

**세민**

뭐?

**지수**

랜선으로만 하거든.

**세민**

구체적으로.

**지수**

그러니까… 페이스북….

**세민**

페이스북?

**지수**

그러니까 그게⋯ 우리가 페이스북에서 알게 된 사인데.
그러니까⋯ 우리가 페메를 서로 주고받다가 보니까⋯
서로 좀 많이 통하는 지점이 있더라고⋯

**세민**

(끼어들며)
그것도 사귀는 거라고 할 수 있나.

**지수**

맹세했잖아.

**세민**

계속해.

**지수**

⋯근데 걔가 나한테 자기도 한국에 오고 싶다고. 와서
직접 얼굴 보고 얘기도 좀 하고 싶다고. 근데⋯ 비행기 표
살 돈이 없다고.

**세민**

⋯선배.

201

**지수**

아, 사진 보여줄까?

**세민**

선배.

**지수**

왜.

**세민**

선배가 말하면서도 이건 아니다~ 싶지?

**지수**

뭐가.

**세민**

그거 사기야. 선배 삶이 유복하기로서니 설마 진짜 돈을 줬다거나 그런 건 아니죠?

**지수**

…….

**세민**

줬어?

**지수**

근데 세민아 사기 아니야.

**세민**

선배.

**지수**

어?

**세민**

정신 차려. 핸드폰 줘봐.

**지수**

왜.

**세민**

내가 직접 차단시켜줄게.

**지수**

아, 싫어. 손대지 마!

**세민**

얼마나 편히 살았으면.

203

**지수**

그거 무슨 소리야.

**세민**

무슨 소리긴. 선배가 무슨 돈 걱정을 해본 적이 있어, 직장 걱정을 해본 적이 있어. 맨날 툭하면 사표 던지고 다른 직장으로 옮기기나 하고. 더 이상 의미를 못 찾겠다느니. 의미 찾아가면서 일하는 사람이 어디 있어. 그리고 봐, 자기 삶이 무료하니까 아침 댓바람부터 다른 사람 걱정에 과하게 관여하려 들고.

윤지수가 6호실을 나서려 한다.

**지수**

나 갈게.

**세민**

삐지기나 하고.

**지수**

야, 너.

**세민**

뭐.

**지수**

…….

**세민**

아, 뭐.

**지수**

……어머니 기일에 …불러.

**세민**

…내가 왜.

**지수**

……불러!

윤지수가 빈소 입구에서 신발을 신는다.

**세민**

그나저나 나 말했다. 그거 사기다. 선배도 알잖아. 좀
솔직해져 봐라.

**지수**

그러는 너나 솔직해져라.

**세민**

내가 뭘.


**지수**

니가 퍽이나 때려치우겠다.


윤지수가 떠나고, 최세민이 남은 커피를 들이켠다. 얼음을
씹어댄다.


**세민**

짜증 나.

## 2장

2014년 4월 5일(D-11). 오전. 장례식장 건물 앞. 김선아가
출입구 계단에 쪼그려 앉아 담배를 꺼내 피우기 시작한다. 그의
옆에는 파릇파릇한 화분 하나가 놓여 있다. 김선아가 볕을 향해
고개를 들고 눈을 감는다. 이따금 담배를 쥐고 있지 않은 손으로
허공을, 햇볕을 휘젓는다. 이윽고 김선아를 목격한 최세민이
장례식장 안쪽에서 걸어 나온다. 말을 걸려다 말고 뒤편에서 볕을
쬐는 김선아를 잠시 바라본다. 인기척을 먼저 느낀 쪽은 김선아.
그가 최세민을 돌아보며,

> **선아**
> …네?

> **세민**
> ……어.

> **선아**
> ……?

> **세민**
> 여기서 담배 피우시면 안 돼서.

**선아**

아, 어머.

김선아가 몸을 일으킨다.

**선아**

세상에, 죄송해요. 빨리 피우고 들어가 봐야겠다 싶어서,
조급한 마음에, 거의 다 피웠는데.

**세민**

…….

**선아**

끌게요.
  (뒤늦게 담배를 바닥에 비벼 끈다)
  껐어요.

**세민**

주차장 가시면 흡연구역 있어요.

**선아**

아, 네. 주차장. 다음부턴 거기서.

**세민**

…네, 부탁드립니다. 꽁초도 잘…

**선아**

아, 그럼요. 잘 버릴게요.

**세민**

그냥 바닥에 버리시는 분들이 많아서.

**선아**

그럼 안 되지.

최세민이 건물 안으로 들어가려다 다시 멈춰 서곤 이내 다시 김선아에게 다가온다.

**세민**

혹시.

**선아**

아니요, 나 처음인데.

**세민**

뭐가요?

**선아**

담배 말씀하시는 거 아니에요?

**세민**

아, 그게 아니라.

**선아**

아. 제 발 저렸네. 헤헤.

**세민**

누구 뵈러 오셨어요?

**선아**

아– 어… 그게 아직 모른달까.

**세민**

맞으시죠? 무연고 장례 오신… 그… 교수님.

**선아**

네! 맞아요. 근데 에이, 교수님은 무슨. 팀장님이 계속
그리 부르니까 다른 쌤들도 이러시네. 저는 김선아.
그냥 학교나 현장 아닌 데서는 선아 씨, 선아 님, 응?
아무렇게나. 그 교수님 자만 빼구요. 밖에서도 일하는 것
같아서. 그런데 어떻게 아셨어요?

**세민**

무연고 장례 찾아오시는 분이 교수…

**선아**

김선아 씨. 김선아 님.

**세민**

…김선아 님 빼고는 없어서요.

**선아**

아. 그렇구나. 그렇더라구요.

**세민**

저… 김선아 님. 오늘은 저희가 좀 바빠서 평소보다 조금
늦게 시작해요.

**선아**

그러게요, 빈소가 거진 다 찼더라구요. 죽는 사람이
이렇게나 많아, 에휴.

**세민**

괜찮으시겠어요?

**선아**

그럼요, 나 시간 많아요.

**세민**

네… 그럼.

최세민이 다시 들어가려는데,

**선아**

아, 잠깐, 잠깐.

**세민**

……?

**선아**

사무실 들르실 거죠. 그럼 이것 좀.

김선아가 옆에 둔 화분을 주워 들어 최세민에게 건넨다.

**세민**

이게 뭔데요?

**선아**

식목일이잖아요. 저번에 와서 보니까 사무실이 너무

삭막하더라. 돈나무예요. 이거 두면 사람들이 제 알아서 관도 더 두꺼운 걸로 하겠다고 하고, 수의도 더 고운 걸로 하겠다고 하고 막 그럴걸요? 웅? 6호실이 아니라 10호실까지 확장공사 해야 할지도 몰라~

**세민**

…그래서 이걸 어쩌라는…

**선아**

어쩌긴 뭘 어째. 선물. 아, 안 되겠다. 장례식장 잘 되면 우리 쌤들이 바빠지잖아. 있잖아요, 그러면… 어… 그냥 빠른 승진과 월급 인상의 기운을 품고 있는 것으로 해요. 웅? 그렇게 전해주세요.

**세민**

…그렇게.

**선아**

아, 오늘 고인 분 성함이.

**세민**

최윤재 님이요.

**선아**

최윤재. 영정은 있어요?

**세민**

아… 아뇨, 쓸 만한 사진을 못 구해서.

**선아**

아- 지난번 고인은 단정하니 보기 좋았었는데. 어떻게 안
되려나. 신분증 같은 거라도 있으면 스캔이라도 떠서…

**세민**

(말 자르며)

마땅한 게 없어서요.

**선아**

아. 네. 맞네. 쌤들이 다 알아서 하겠지. 그냥 내가
너무 아쉬워서 그래요. 아휴 나보다 고인이 더 아쉽긴
하겠지만. 그죠? 응? 오늘은 절을 배로 올려야겠다.

**세민**

…기독교장으로 할 예정인데.

**선아**

아- 고인이 교회에.

214

**세민**

…네.

**선아**

그럼 절이 아니라 기도를 배로.

최세민이 또다시 들어가려는데,

**선아**

아, 맞다, 맞다. 잠깐만. 잠깐만요. 저기… 궁금한 게 또
있어서. 그 소문에 병원장이 바뀌었다고.

**세민**

…네.

**선아**

괜찮아요? 아니 새로 온 병원장이 마음이 좀 넉넉한
사람이면 좋을 텐데, 영 아니라는 소문이 계속 들려서.
어째요. 그죠? 응? 아니 혹여라도 갑자기 무연고 장례
이거 안 한다고 하면 어떡해. 쌤들도 불안하겠어요.

**세민**

그런 이야기는 팀장님을 불러드릴까요?

**선아**

아… 아뇨, 아니에요. 괜찮아요. 내가 괜히 계속 방해를
하네. 얼른 들어가 보세요.


최세민이 또 또다시 들어가려는데,

**선아**

아, 저기 저기. 진짜 마지막. 마지막으로 딱 하나만
더 물어봐도 돼요? 여기 뭐 후원하고 그러는 건 없나
싶어서요. 응? 매번 조문만 하려니까 뭐가 좀 아쉽네.
무연고 장례도 좀 더 자주 하면 좋을 것 같기도 하고.
아니 뭘 많이 하려는 건 아니구. 그냥 달에 조금씩이라도
하면…

**세민**

(말 자르며)
그런 거 없구요. 하아… 제가 지금 빨리 들어가 봐야
제시간에 하든 말든 할 거라서요.

**선아**

아, 그렇죠. 얼른 들어가셔요. 얼굴에 피곤이라고 쓰여
있네. 괜히 화분 같은 거 사 올 게 아니라 박카스나
한 박스 사 왔어야 했나. 내가 센스가 없었다. 그렇게
아니라 지금 사 와야겠다. 아니 나는 오늘 별도 좋고

하니까. 푸릇푸릇한 게 먼저 떠오르더라구요. 그죠? 응?
오늘 볕도 장난 아니죠. 하루 종일 일광욕만 하고 싶은
날씨랄까.

**세민**

…….

**선아**

아, 이제 가셔도 돼요. 나 이제 물어볼 거 정말 없으니까.
끝.

**세민**

저기.

**선아**

정말 끝. 없어요, 없어.

**세민**

그런데 대체 여길 왜 오시는 거예요?

**선아**

…그게 무슨.

**세민**

생판 모르는 사람 장례에. 아니… 대체 어떤 사람일 줄
알고 절도 배로 하고 기도도 배로 하시려나 해서요. 꼭
그냥 마실이라도 나온 사람처럼.

사이.

**세민**

준비되면 로비 화면에 띄울 거예요. 주변에 계시다가
오세요.

**선아**

뭐 박카스 말고 따로 땡기는 건…?

최세민이 장례식장 안으로 들어가 버린다.

**선아**

내가 알아서 골고루 사와 볼 게요ー!

김선아가 어정쩡하게 들고 있던 담배꽁초를 바닥에 내던진다. 다시
줍는다.

**선아**

싸가지가 바가지.

김선아가 다시 계단에 쪼그려 앉는다.

**선아**
주차장은 멀고~ 마음은 심란하고~

김선아가 다시 담배를 꺼내 입에 문다. 그때, 최세민이 다시
나온다.

**선아**
어머.

**세민**
…….

**선아**
입에 물고 주차장으로 출발하려던 참이었어요.
믿어주세요.

**세민**
저기….

**선아**
진짜로.

**세민**

취소됐어요.


**선아**

네?


**세민**

무연고 장례요. 그… 최윤재 님 장례. 취소요.


**선아**

아니, 대체 왜요?

## 3장

2014년 4월 9일(D-7). 낮. 지방의 어느 아파트 개발 단지 안,
갑작스럽게 조성된 유적 발굴 현장. 오래된 무덤의 터, 그 옆으로
발굴 인부 무리의 반장과 김선아가 호미를 들고 나란히 앉아있다.
저 먼발치에선 건설 중장비들이 바지런히 움직이며 소음을 내고
있다.

**반장**
입원비랑 장례비 치를 사람이 나와야 한다고?

**선아**
그전까지는 안치실에 계속 두라고 했대요.

**반장**
그 양반 무연고라며.

**선아**
그러니까요. 그 병원장 대체 누굴 상대로 인질극을
벌이고 있는 건지.

**반장**
악질이구만.

**선아**

내 말이.

**반장**

우리 교수님 화가 잔뜩 났네.

**선아**

걔가 뭐라는지 알아요? 할 수 있는 게 없대요.

**반장**

그 사람 입장에서는 그럴 수 있겠지.

**선아**

걔는 그럼 왜 그 일을 하나 몰라. 그리고, 응? 그게
장의사가 할 말이야? 조문객한테 왜 오냐니. 그리고
내가요, 반장님, 응? 생각해서 선물까지 사 들고 갔는데
어째 살가운 말 한마디를 안 하더라니까. 그리고 보니 그
무연고 장례는 반장님이 가보자 그래놓고 정작 반장님은
안 가시네.

**반장**

허허, 그러네.

**선아**

…이 무덤이요. 이번에도 아무래도야.

**반장**

뭐가 잘 안 나와?

**선아**

아니요. 제대로 파보기도 전에 끝날 것 같단 말이죠.
지키려고 하면 뭐하나, 어차피 지난번처럼 또
파헤쳐지겠지.

**반장**

어~? 왜 그런 생각을 벌써부터. 교수님답지 않게.
지난번 거기는 자기가 어떻게든 지켜낼 거라면서 떵떵
그랬으면서.

**선아**

떵떵 그랬는데, 결국 못 지켰으니까. 들으셨어? 여기
아파트에 유명한 사람들은 죄다 들어오기로 했대요.
시의원들, 이 지역 유지들, 심지어는 연예인 누구도
별장으로 샀다던데.

**반장**

교수님이 연구를 열심히 해서, 지켜주면 되겠네.

**선아**

아무리 대단한 역사적 가치가 있다고 해도 그걸 이길 수
있나 싶은 거지.

**반장**

지쳤네, 우리 교수님.

**선아**

맥이 빠지니까.

**반장**

이 무덤도 오래된 거겠지.

**선아**

엄청.

**반장**

그 오랜 세월 누구한테 발견도 안 된 채로 여기
누워있었던 거 아니야. 외로웠겠어.

**선아**

나한테 뭐라고 하는 것 같네, 우리 반장님. 아까 여기
오가던 어깨들 봤죠?

**반장**

깡패 같이 생긴 것들?

**선아**

깡패 같이 생긴 게 아니라 진짜 깡패. 몸 사려야지.

**반장**

어떻게 내가 어디서 연장 하나 챙겨와?

**선아**

우리야 연장은 항상 소지 중이지만.

**반장**

허허.

**선아**

깡패, 정치인, 연예인을 등에 업은 포클레인을 어떻게 막아.

**반장**

대자로 뻗어서.

**선아**

깔고 지나가 버리면 어째?

225

**반장**

교수님, 나 이 무덤은 좀 지켜냈으면 싶은데. 내
마지막이니까.

김선아가 무덤터로 내려가 호미로 땅을 긁기 시작한다.

**반장**

아직 점심시간 안 끝났어.

**선아**

정말 이번까지만 하고 그만두시려고?

**반장**

허리가 너무 아파. 이제 이것도 은퇴할 때가 되었지.

**선아**

아쉽네.

**반장**

나 좀 인제 그만 놀게 내버려 둬.

**선아**

…이거 그만두면 그 무연고 장례 나랑 같이 갈 시간은
나겠네. 반장님 너무해. 나만 보내놓고. 거기 그런 데가

226

있다더라, 텅 비어있는 빈소 생각하니 착잡하더라,
그러셨으면서.

반장도 김선아를 따라 오래된 무덤의 터로 내려가 호미로 땅을
긁기 시작한다.

**선아**
반장님은 쉬셔.

**반장**
아, 됐어.

**선아**
나는 쉬라고 했어요.

**반장**
사실… 막상 가보니… 별로더라고.

**선아**
그러셨어?

**반장**
교수님은 괜찮았나 보네.

**선아**

나도 그냥 한 번 가보고 말아야지 했는데… 아 그래,
거기 장례식장이 작더라고. 근데 무연고 장례는 맨날
거기서도 제일 작은 방에서 하는 거야. 응? 6호실이었나.
당연하지 싶다가도 이러다가 다음에는 아예 안 하는 거
아니야? 싶었던 거죠. 그러면 속상하잖아. 연고도 없어
서러운 사람들 장례 치러주는 곳이 어디 흔한가. 가는
사람이라도 있으면 안 없어지려나 싶어서 계속 갔는데…
그게 그렇게 멈춰버렸네.

**반장**

그래서 그 양반은 안치실 냉장고에 갇혀 있게 되었고.

**선아**

만약에 그분 장례식 하게 되면 같이 갑시다. 매번 혼자
가니 눈치 보여.

**반장**

거짓말. 교수님이 픽이나 남 눈치 보겠네.

**선아**

진짠데.

228

먼발치의 중장비에서 철근을 우당탕 내려놓는다. 마치 무언가 무너지는 소리. 반장이 소란스러운 쪽을 바라보고, 자신도 모르게 사색이 된 얼굴을 추스르고, 다시 땅으로 시선을 옮겨 호미질을 이어간다. 김선아는 그런 반장의 모습을 은밀히 살펴댄다.

**반장**

…내년이면 벌써 이십 년. 이상하게 계속 그 무연고 장례에서 그날[2] 생각이 나더라고.

**선아**

그러셨어?

**반장**

어찌나 당황했던지. 지금도 그때 생각하면 자다가도 벌떡 일어나지. 얼굴 벌게져서. 그 왜… 나 빈소 잘못 들어간 얘기. 무작정 울다가 고개를 들었는데 영정에 친구 녀석이 아니라 웬 호호 할머니 한 분이 인자하게 웃고 계셔. 그제야 상주가 묻는 거야. 우리 할머니랑 친하셨냐고.

---

2    반장과 김선아가 이야기하는 '그날'은 삼풍백화점 붕괴 참사(1995년 6월 29일)를 가리킨다.

**선아**

그래서 또 친하다고 했다며.

**반장**

도망치듯 나왔지. 그러고 나서야 친구 녀석 빈소
찾아가니, 그 할머니 앞에서 너무 많이 울어서 이제는
눈물도 안 나오는 거야. 허허. 애들이 나한테 너는 참
담담하니 점잖다 하는데, 나는 그거 아니었거든. 울고
싶어도 못 울어서 고생이었지. 우린 그놈이 그 시간에
회사에 안 있고 백화점에서 뭐 했는지가 제일 궁금해.

**선아**

친구 분들 선물 사러 가셨나.

**반장**

그럼 우리가 너무 죄스러워 살겠….

사이.

**선아**

왜요.

**반장**

아니야.

230

**선아**

…나도 궁금했네. 큰 선아 걔는 대체 뭘 사려고 했던 걸까.
내 선물을. 반장님, 나는 큰 선아랑 이름이 같은 게 평생의
콤플렉스였잖아.

**반장**

근데 교수님, 이 타이밍에 물어보기 좀 그런데.

**선아**

뭔데요?

**반장**

교수님 친구는 키가 얼마나 크길래 큰 선아가 됐어?

**선아**

한 0.5센티 컸나. 그런데도 다들 무슨 큰 선아, 작은 선아
나누고.

**반장**

허허, 그랬어.

**선아**

우리 엄마는 큰 선아 진짜 싫어했거든요. 웅? 걔가
내 앞길 다 막고 있다면서 막 나중에 어디 점집 가서

물어보라고, 분명 걔가 니 앞길 다 채가고 있을 거라고.

**반장**

어머님이 교수님 친구 죽고 마음 꽤나 산란했겠고만.

**선아**

제가 '엄마 말대로라면 큰 선아가 나 대신 죽은 거네?'
그랬더니 막 뒷목까지 잡고 쓰러지셔. …빈소도 안
가셨지. 장례식에 '고 김선아' 쓰여 있는 거 보기
싫었대요. 너무 내 이름이래. 이 세상 김선아들 아쉬워서
살겠나.

**반장**

어머님한테 잘해.

**선아**

뭐예요. 반장님이 이러시면 안 되지. 내 편 들어야지.
설렁설렁하세요. 어차피 금방 쫓겨날 거.

**반장**

교수님, 우리 여기는 꼭 지키자.

**선아**

그러면 좋기야 하겠지만.

**반장**

꼭. 나 휴가 다녀온 사이에 이거 없어져 있으면 나 진짜
서운해.

**선아**

반장님 때문이라도 내가 저 깡패들이랑 한판 붙어야겠네.

**반장**

진짜로.

**선아**

알았대도요, 제가 그때까지는 잘 지켜볼게. 제주도?

**반장**

배 타고. 친구 것들이 이번에도 빠지면 가만 안 둔다고
그러니까. 괜히 안 내키는 데도 가는 거야. 아, 그것들
여행 갈 때 입자고 단체복도 맞춰놓은 거 있지.
핑크색으로.

**선아**

핑크색 입은 반장님 궁금하네. 나중에 한 번 보여줘요.

**반장**

됐어.

**선아**

아, 오실 때 귤 좀 사 와요. 나눠 먹게.

**반장**

누가 보면 교수님이 나한테 뭐 맡겨 놓은 줄 알겠네.

**선아**

반장님.

**반장**

왜.

**선아**

그래도 나중에 같이 한 번 더 가자.

**반장**

제주도?

**선아**

아니. 그 안치실에 갇혀 있는 분 나오면. 그래서 정말
장례하게 되면.

**반장**

그 양반 딱하네. 죽을 때도 외로웠을 텐데, 죽어서도

그렇게 찬 데 갇혀 있으니. 그래, 여행 가서 마음에 여유
좀 잔뜩 채워놓고 돌아오면, 다시 한번 생각해 볼게.
교수님은 나 올 때까지 여기나 잘 지켜.

**선아**

알겠어요, 알겠어.

**반장**

진짜로.

**선아**

알겠다구요. 아휴, 근데 점심시간 이제 다 끝났는데 왜
다들 안 오실까-. 이러다 나 혼자 발굴 다 끝내버리는 거
아닌지 몰라.

**반장**

하여튼.

　　(먼발치의 인부들을 향해)

　　자, 저기…! 시간 다 됐네, 모이셔들! 못 들은 척하지.

**선아**

내가 모셔 올게요.

**반장**

아니야, 있어. 내가 데려들 올 테니.


반장이 무덤 밖으로 나선다.


**선아**

다녀오셔요.


**반장**

그래.


반장이 떠난다.

## 4장

2014년 4월 16일(D-0). 세월호 참사 당일. 배가 전복된다.
차츰 가라앉는다. 그 장면을 모두가 바라본다. 이제 시간은 종종
튀어 오른다. 앞으로, 뒤로.

2024년 4월 16일(D+3653), 또 다른 유적 발굴 현장. 낮.
김선아가 호미를 떨군다.

2014년 5월 16일(D+30). 밤. 윤지수의 집.
윤지수는 핸드폰을 내려놓고 짐을 챙기기 시작한다.

2011년 12월 24일(D-844). 새벽. 어느 기차역.
추위에 떨던 조문객은 전단지 한 장을 잘 접어 주머니 가장 깊숙한
곳에 넣어 둔다.

2014년 4월 17일(D+1), 새벽.
장례식장의 안치실. 최세민은 수의를 잘 접어놓는다.

1995년 6월 29일(D-6866), 저녁.
모 대학의 연구실. 논문 쓰기에 열중하던 김선아의 무선호출기가
계속해서 울려댄다.

2022년 10월 29일(D+3118).

밤. 거리. 윤지수는 친구들을 향해 다급히 문자를 보낸다. 전화를 건다. 계속해서 이어지는 통화 연결음.


2015년 4월 21일(D+370). 낮. 어느 호숫가.

조문객이 호수를 향해 절을 올린다.


2015년 4월 16일(D+365). 밤. 낯선 바다.

윤지수가 잔잔하게 밀려드는 파도에 발을 대어본다.


2014년 5월 17일(D+31). 새벽. 장례식장.

최세민은 또 이상한 꿈을 꾼다. 안치실로 향한다. 최윤재가 갇혀 있는 냉장고 문 앞을 서성인다. 그 문에 귀를 댄다. 문득, 문을 연다. 최윤재의 얼굴을 본다.


    **세민**

아.

그런데 왜 하필 제 꿈에 나오셨나요.

**5장**

2014년 5월 17일(D+31), 아침. 장례식장 입구의 계단. 장지에서
돌아온 최세민이 앉아있다. 그리고 저 먼발치에서 누군가 그런
최세민을 지켜보고 있다. 최세민은 전화를 건다. 윤지수에게. 안
받을 것처럼 계속해서 이어지는 통화연결음. 최세민이 전화를
끊으려는 순간, 건너편의 윤지수가 전화를 받는다. 수화기
건너편에서 바삐 움직이는 인파의 소리가 밀려든다.

> **지수**
>
> 어, 후배님. 무슨 일 있어?

> **세민**
>
> 어?

> **지수**
>
> 아니, 니가 먼저 전화를 하니까. 혹시 무슨 일이 있나 해서.

> **세민**
>
> 무슨 일은.

> **지수**
>
> 요즘 느닷없이 걸려 온 전화는 좀 무섭단 말이야. 별일
> 없으면 다행이고.

239

**세민**

그래, 별일 없어. 밖이야? 이렇게 일찍.

**지수**

나 알잖아. 아침형 인간.

**세민**

수영하러 갔어…?

**지수**

아, 맞네. 수영.

**세민**

그럼 어딘데?

**지수**

나? 공항.

윤지수의 말대로, 그는 지금 공항이다. 비행기 탑승 게이트 앞 대기 줄에 서서 자기 차례가 오길 기다리고 있다.

**세민**

공항? 어디… 가?

**지수**

아… 여행. 여행 좀 다녀올까 해서.

**세민**

갑자기?

**지수**

나 숙소도 하나 안 잡고 떠나잖아. 두근거려.

**세민**

미쳤나 봐.

**지수**

그나저나 오랜만이네. 한동안 삐져서 전화 한 통 안
하시더니.

**세민**

말은 똑바로 해. 삐진 건 그쪽이시죠.

**지수**

아닌데.

**세민**

…….

241

**지수**

그래서 정말 왜 전화한 건데.

**세민**

밥은 잘 먹고 다니나 해서.

**지수**

느닷없는 전화치고 이유가 사소했네. 너는 먹었냐.

**세민**

먹기야 먹었지.

**지수**

잠은?

**세민**

자기야 잤고.

**지수**

잘살고 있네.

**세민**

…….

**지수**

여보세요?

**세민**

선배님.

**지수**

말해.

**세민**

내가 할 수 있는 게 없어.

**지수**

……너 잘하고 있잖아.

**세민**

선배가 뭘 안다고.

**지수**

또 싸우자고?

**세민**

있잖아, 내가 나중에야 떠오른 말들이 있는데, 우리 엄마 말이야. 자기 죽으면 수의 말고 가장 화려한 원피스 같은

거 입혀 달랬어. 생전에는 일하기 바빠서 화사한 옷은
제대로 입어보지도 못했다면서. 근데 그건 거짓말이야.
내가 몇 번 어버이날이나 생일에 사준 적 있어. 입고 어디
놀러도 갔었다.

**지수**

아. 그랬네.

**세민**

뭐가.

**지수**

기일에 나 부르라고 그래놓고. 내가 지금… 여행을…

**세민**

뭐야 그러게. 말이나 말지.

**지수**

야, 비행기 미룰까?

**세민**

됐어, 됐어.

윤지수가 대기 줄에서 벗어난다.

**지수**

그러려고 전화한 거 아니야?


**세민**

아니야, 정말 아니야.


**지수**

괜찮지?


**세민**

…괜찮지. 선배님,


**지수**

어.


**세민**

볕 쬐라는 말이 마지막이었어. 엄마가 나한테 했던 마지막 말이. '세민아, 볕 좀 쬐고 살아.'


**지수**

…그랬어?


**세민**

어. 봄만 오면 다들 볕 타령을 하는데, 그게 너무…


245

**지수**

어.

**세민**

엄마 보낼 때 말이야. 내가 상주로서 할 수 있는 거라고는
그냥 끄덕이는 일뿐이었거든. 화사한 원피스 하나
입혀주는 것도 못 하고. 그 정도는 얘기했으면 들어줬을
텐데. 요즘 계속 그런 생각이 들었어. 내가 이 일을 왜
시작했더라. 뭔가를 해보려고 했던 거 아니었나.

**지수**

무력한 마음에서 벗어나려고?

**세민**

…그런데 계속 제자리야.

사이.

**지수**

후배님.

**세민**

어.

**지수**

나 실은 만나러 가는 거야.

**세민**

누굴?

**지수**

그… 페이스북.

**세민**

그 사기꾼을? 선배님.

**지수**

알아. 니가 뭐라고 할지 아는데… 그런데… 어제 갑자기 나한테 페메로 '괜찮아?' 대뜸 나 괜찮냐고 물어오는 거야. 있지, 자기가 계속 한국의 뉴스를 보게 된대. 내가 걱정이 됐다. 그러더니 또 한참 말이 없다가, 실은 자기도 얼마 전에 바다에서 가족을 잃었다고 그러는 거야.

**세민**

믿어?

**지수**

거짓말 같지 않았어. 근데 그 사람 자기한테는 아무도

물어봐 주지 않았대.

**세민**
뭐라고.

**지수**
괜찮냐고.

사이.

**지수**
만나야겠어.

**세민**
그것도 거짓말이면.

**지수**
거짓말이라면, 그런 거짓말은 하는 거 아니라고 단단히
일러줘야지.

**세민**
선배님 그 뒤로 또 돈 보내고 그러지는 않았지?

**지수**

···노코멘트.

**세민**

하여튼.

**지수**

그런데 그 사람 그런 말을 해놓고 나를 차단해 버렸다?

**세민**

그럼 어찌 찾아

**지수**

가서 생각해 봐야지.

**세민**

대책 없어.

**지수**

기념품 사 오면 좋다고 받지나 말어.

**세민**

안 사와도 돼. 혹시 모르니까 조심해.

**지수**

…그래.

윤지수가 다시 대기 줄의 끝에 선다.

**지수**

야, 요즘 취직하기 어려워.

**세민**

뭐야.

**지수**

때려치운다는 말 하지 말고 잘 붙어 있으라고.

**세민**

다녀와.

**지수**

그래.

**세민**

아!

**지수**

왜?

**세민**

나 알았잖아.

**지수**

뭐를?

**세민**

그때 내 꿈에 나온 사람.

**지수**

나 닮았다는?

**세민**

그래. 그 사람. 최윤재.

**지수**

최윤재?

최세민을 지켜보던 누군가가 '최윤재'의 이름을 듣고는 움찔한다.
최세민은 인기척이 들린 쪽을 유심히 바라본다.

**세민**

어. 잠깐만.

**지수**

왜.

**세민**

아, 아니야. 누가 있나 해서. 잘못 봤나 봐.

**지수**

최윤재가 누군데.

**세민**

안치실에 갇혀 있는.

**지수**

아, 대박.

**세민**

…그래, 그래서 그런 말을 한 거야.

**지수**

꺼내달라고.

**세민**

그러니까.

**지수**

어떡하냐. 진짜 꺼내줄 수도 없고.

**세민**

…그러니까.

**지수**

어떻게 내가 그 사람 병원비 확 내버릴까?

**세민**

병원장이 좋아하겠네.

**지수**

진짜 해?

**세민**

실없긴. 됐어, 병원장한테 지기 싫어.

**지수**

지는 건가.

**세민**

어.


**지수**

후배님, 중간중간 연락할게.


**세민**

어. 조심하라고.


**지수**

알겠다고.


**세민**

정말로.


**지수**

그래.


최세민이 전화를 끊자, 수화기 건너편 인파의 소음도 함께
밀려난다. 최세민이 바지에 묻은 흙먼지를 털어내며 일어선다.
장례식장으로 들어간다. 잠시 뒤. 최세민을 지켜보고 있던
누군가가 입구로 다가온다. 남루한 차림의 조문객. 그가 주변을
살피더니 장례식장으로 헐레벌떡 들어간다.

## 6장

2017년 6월 29일 (D+1170). 이른 아침. 여전히 몇 해 전의 그 아파트 개발 단지 안. 건설 중장비들이 땅을 파헤치면서 점점 오래된 무덤 쪽으로 다가가고 있다. 김선아와 핑크색 여행복 차림의 반장은 사라질 위기에 처한 오랜 무덤을 함께 바라본다. 김선아의 전화가 울린다. 김선아, 받지 않는다.

**반장**
전화 받지.

**선아**
반장님.

**반장**
어.

**선아**
저것들 기어코 이 무덤 위에 아파트를 세우는구나.

**반장**
…다음 거 지키면 되지.

255

**선아**

이번 거야말로 지켜내자던 분이.

**반장**

저 요란하게 달려드는 것들이랑 싸워서 어찌 이기나.

**선아**

…핑크색 잘 어울리시는데?

**반장**

놀려?

**선아**

아니야, 정말로.

김선아와 반장이 웃는다.

**선아**

반장님도 얼른 돌아오셔요.

**반장**

그래야지.

**선아**

아, 정말로.

**반장**

성내지 마.

**선아**

반장님 있잖아요. 나 조금 아쉬워.

**반장**

그냥 계셔. 교수님 말이 맞아. 상대가 너무 세.

**선아**

아니, 저거 말고. 반장님말이야. 생각해 보니까 내가 별로 해준 것도 없더라고.

**반장**

할 일 없는 나한테 호미 쥐여 줬잖아.

**선아**

그게 뭐 별건가. 반장님이 나 챙겨준 거 비하면 아무것도 아니지.

공사장의 인부들이 김선아를 의아하게 쳐다보며 지나간다.

**선아**

남의 무덤 무너뜨리느라 고생하시네요. 아시죠? 저거
무덤이에요. 나중에 조상님한테 화 입어도 저는 몰라요~

**반장**

허허.

**선아**

아, 진짜… 내가 여기 아파트 들어와 사는 사람들 어디
팔자 편히 잘 사나 응? 두고 볼 거야.

김선아의 전화가 또 울린다. 김선아, 또 받지 않는다.

**반장**

아, 거 계속 울리네. 그냥 받아봐.

**선아**

아, 내 마음이네요.

**반장**

중요한 전화면 어째.

**선아**

중요한 전화면 또 오겠지.

**반장**

교수님 똥 굵네.

**선아**

반장님.

**반장**

네, 교수님.

**선아**

큰 선아도 들었으려나.

**반장**

뭐를.

**선아**

내가 추모식 때마다 가서 속으로 계속 뭐라 하긴 했는데
들었는지를 모르잖아.

**반장**

뭐라 했는데.

**선아**

…미안하다고.

포클레인이 요란한 소리를 내며 점점 무덤에 가까워진다.

**반장**

아니면 교수님이 손 좀 써서 저것들 좀 막아봐.

**선아**

내가 뭘 더 어떻게.

**반장**

교수님 씩이나 돼서 그런 연줄도 없나.

**선아**

맨날 밖에 나와서 땅이나 긁고 책이나 읽고 글만 쓰고
하는데 언제 그런 연줄을 만들어요.

**반장**

좀 약게도 살아봐.

**선아**

한번 그래 볼까?

**반장**

허허.

**선아**

내가 뭐라도 할 수 있으면 좋을 텐데.

**반장**

응?

**선아**

반장님 말이야.

**반장**

교수님.

**선아**

네.

**반장**

…….

**선아**

아, 왜요.

김선아의 전화가 또다시 울린다.

**반장**

나는 괜찮으니까 받아보래도.


**선아**

집요하네.


**반장**

아, 얼른. 끊기겠어. 받아.


**선아**

뭐 알고 그러시는 거야?


**반장**

…….


**선아**

응??


**반장**

전화건 거 우리 애들.


**선아**

…….

**반장**

그러니 받아봐, 얼른.


김선아가 그제야 전화를 확인한다. 받는다.


**선아**

여보세요.

네, 제가….

네.

…….

네.

네.

고인의 명복을….

아, 저기…

알려주셔서 감사해요.


김선아가 전화를 끊는다.


**선아**

반장님, 돌아오셨네.


김선아의 곁에 있던 반장의 모습이 더는 보이지 않는다. 김선아가
맥이 풀린 듯 쪼그려 앉는다.

**선아**

저건 지키겠다고 내가 약속했는데, 그치.

고개를 숙이고, 한참을 흐느낀다. 중장비들의 소음이 튀어 오른다.

**선아**

아… 씨…. 야, 이것들아. 다들 멈춰…. 다들 멈추라고.
멈춰!

김선아가 무덤을 향해 달려간다. 하지만 그보다 중장비들이 먼저
다다른다. 무덤을 파헤친다.

**선아**

진짜… 다들 정말… 너무하네…. 그거 무덤이라고. 거기
누가 죽어 있다고.

## 7장

2014년 5월 17일(D+31). 낮. 입관식과 입관식 사이의 시간.
장례식장 지하 안치실 앞. 조문객이 안치실 문을 두드린다.

**조문객**

…저기요.

다음 입관식 준비를 하려던 최세민이 마침 이곳으로 다가온다.

**조문객**

저기요.

**세민**

팀장님? 팀장님이세요?

최세민은 낯선 얼굴의 조문객을 발견하고는 뒷걸음치려다 계단을
헛디뎌 주저앉는다. 조문객이 성큼성큼 다가온다.

**조문객**

저기요.

**세민**

……!

265

**조문객**

아, 놀라셨어요? 죄송합니다, 제가 차림이…. 안 그래도
고민을 많이 했는데… 제가 지금 사정이 잘 챙겨 입고
그럴 수 없는 상태라서요. 그래도 여기저기 뒤져가며,
빌려 가며 챙겨 입고 온 거긴 한데요. 아무래도 좀
그렇지요. 죄송합니다.

**세민**

…누구세요?

**조문객**

저…….

**세민**

무슨 일로.

**조문객**

아, 조문을 왔어요.

최세민이 다시 몸을 추스르고 일어선다.

**세민**

그런 거라면 빈소로 가셔야죠.

**조문객**

그게….

**세민**

로비에 가시면 고인 성함이랑 몇 호실에 모셨는지
적혀있거든요. 그거 보고 찾아가시면 되는데.

**조문객**

거기 없어요.

**세민**

네?

**조문객**

…거기 없다구요.

**세민**

…그럼 잘못 찾아오신 것 같은데요. 여기가 아니라…

**조문객**

(말 자르며)

아니요, 여기 맞아요. 여기에 있다고 들었어요.

**세민**

……그럼 혹시. 고인 분 성함이.

**조문객**

최윤재.

**세민**

아. …최윤재 님 장례는 아직 정해진 게 없어서요. 혹시…
고인 분 가족이세요?

**조문객**

아뇨, 그건 아니고.

**세민**

아니면 고인에 대해서 잘 아는 사이셨다거나.

**조문객**

…그냥 길에서 서로 도와가면서 산 게 다라. 그럼 언제
오면 될까요?

**세민**

저도 잘. 제가 결정하는 게 아니라서요.

**조문객**

그럼 누가.


**세민**

…장례가 정해지면 그때 다시 찾아오시는 게 좋겠어요.


**조문객**

그건 어떻게 알고 오나요.


**세민**

연락처를 남겨주시면…, 아.


맥이 풀려버린 조문객이 바닥에 주저앉는다.


**세민**

괘, 괜찮으세요?


**조문객**

윤재 씨 그리됐다는 얘기를 듣고서는… 어찌 된 일인지 이리 묻고 저리 묻고… 동분서주….


**세민**

일단 위로 올라가세요. 로비 가시면 앉을 수 있는 데가 있어요.

**조문객**

아니에요. 이러고 잠깐 있으면 괜찮아져요.

**세민**

도움이 필요하신 건…?

**조문객**

아니요, 진짜. 이러고 잠깐 있으면 된다구요.

**세민**

알겠습니다.

최세민이 몸을 돌려 핸드폰을 꺼내 어딘가로 문자를 보낸다.

**조문객**

저 뭐 안 해요.

**세민**

네?

**조문객**

저 때문에 어디 연락하시는 건가 싶어서.

**세민**

아, 아닌데.

**조문객**

괜찮습니다. 하세요. 그래야 마음이 놓이시겠죠.

**세민**

…저 잠시만.

최세민이 조문객으로부터 조금 더 물러나 이번엔 누군가에게 전화를 건다. 아마도 그의 팀장님. 한데 좀처럼 받지 않는다. 그 가운데, 조문객은 안치실 문만 바라본다.

**조문객**

진짜 윤재 씨 얼굴 좀 보러 온 게 다인데. 사연이 참 많은 사람이었어요. 어릴 때 집 뛰쳐나와서, 여기저기 방랑 생활하다가 결국 오갈 데 잃어서 길 위에 나앉았다고. 근데 그러고 나니 차라리 속이 편하댔어요. 언제는 또 자기가 실은 전과가 있다는 거야. 젊었을 때 유괴를 했다고. 별 이유 없이 애 하나를 데리고 도망쳤대요. 애가 열이 펄펄 나는 데도 악착같이 그랬대. 자긴 질이 나빴대요. 전과 있는 자기 함부로 건들지 말라면서 막 자기가 뭔 일 저지를지 모른다고. …겉으로만 그래, 서로 도와가며 살았다는 거 괜히 한 말 아니거든요. 먹을 거

271

있으면 나눠주고, 잘 데 찾으면 불러주고 그랬단 말이죠.
한번은 진짜 추웠는데… 내가 준비를 못한 거예요.
그래서 어디 길가에 박스를 펴두고 누웠지. 그런데
누가 저- 멀리서부터 달려와. '한참 찾았잖아요, 여기
이러고 있으면 어떡해…!' 그러는 거야. 윤재 씨. 다급한
얼굴로… 눈이 시뻘게. 자기가 못 찾으면 내가 죽을 줄
알았대. 따스운 데 봐뒀다고 같이 가자고….

조문객이 흐느낀다.

**조문객**

그랬는데 자기가 이리 먼저 가면 어째. 나 이제 누가
찾아주나. 응? 윤재 씨.

**세민**

……식사는. 식사는 하셨어요?

**조문객**

예?

**세민**

식사요.

272

**조문객**

⋯⋯아니요.

**세민**

조금만 계세요. 뭐 먹을 거 있나 볼게요.

**조문객**

감사합니다.

최세민이 계단을 오르려는데,

**조문객**

아, 근데 저기⋯

**세민**

네.

**조문객**

제가 혹시 윤재 씨 얼굴을 좀 보고 갈 수 있는 방법이
없을까요?

**세민**

⋯⋯?

**조문객**

이거 문 좀 열어서. 나 윤재 씨 얼굴 좀 잠깐 보고 가게
해줘요. 응?

**세민**

…그건 곤란한데요.

**조문객**

……인사.

**세민**

네?

**조문객**

그냥 인사만 좀 하려고.

**세민**

죄송합니다. 대신 뭐 담요 같은 게 있나 볼게요.

**조문객**

저기요, 그래. 제가 실은….

**세민**

……?

**조문객**

좋아요, 그래, 솔직하게 말할게요. 윤재 씨가 나한테
약속을 했어요. 자기가 죽으면… 자기 어릴 때 박아둔
금니를 나한테 주겠다고.

**세민**

…….

**조문객**

정말이에요. 그거 나한테 주겠다고 맨날 입을 번쩍
벌리더니, '보이죠?' 그러면서, '줄게요, 꼭.' 그랬단
말이죠.

**세민**

그래서….

**조문객**

그래서 내가 금니 그것만 얼른 좀 뽑아 갈게요.

**세민**

…….

**조문객**

그게 윤재 씨 유언이었다니까. 고인이 남긴 부탁

275

들어줘야죠. 그게 그쪽들 하는 일 아닌가. 예? 잠깐만
있어봐, 그게 어딨지.

**세민**

그만 나가주세요.

**조문객**

···잠깐만요 내가 잘 접어뒀는데.

조문객이 자기 주머니를 뒤지기 시작한다.

**세민**

나가주세요.

**조문객**

탐이 나서 이러는 거 아니에요. 금니 그거 얼마나 한다고.
어디 가서 팔아야 하는지도 나는 몰라요. 나는 그냥···

**세민**

(말 자르며)
얼른요!
　(위층을 향해)
　여기예요! 여기 이상한 사람이 들어와 있어요!!

조문객이 서둘러 몸을 일으킨다.


**조문객**

정말 너무하시네!


**세민**

어서 가세요.


**조문객**

내가 여기 윤재 씨가 나한테 남겨둔…


**세민**

(말 자르며)

그만 하세요!


조문객이 잠겨있는 안치실 문에 매달린다.


**조문객**

얼른 이거 열어요. 열어!


**세민**

여기 좀 도와주세요!

**조문객**

왜 가뜩이나 딱한 사람을 가둬놨어?! 그래, 윤재 씨 그냥 거기서 나오자. 이것들 자기 말 들으려고도 하지 않아. 더는 여기 있지 마. 내가 꺼내줄게!

굳게 잠긴 안치실 문은 꼼짝도 하지 않는다. "거기 무슨 일 있어요?" 지하의 소란을 뒤늦게 인지한 위층의 직원들이 다급히 내려오는 발소리가 들린다. 다급해진 조문객이 별안간 최세민의 바짓가랑이를 붙잡는다.

**조문객**

정말이에요. 저 좀 믿어주세요. 아, 정말.

조문객이 다시 한번 다급히 주머니를 뒤지고,

**조문객**

아, 이게 진짜 어디 있지.

마침내 접어둔 전단지 한 장을 찾는다.

**조문객**

아, 여기! 여기 있네요! 윤재 씨가 써준 유언장. 여기 봐요, 나한테 금니 주겠다고 써뒀잖아요.

조문객이 최세민에게 전단지에 쓴 최윤재의 유언장을 건넨다.

**조문객**

나 좀 믿어주세요. 봐요, 정말…. 윤재 씨가 약속했단
말이야. 그러니 저 사람 좀 저기서 꺼내줘요. 꺼내줘.

조악한 유언장을 받아 든 최세민이 눈물로 얼룩진 조문객의 얼굴을
바라본다.

## 8장

2014년 5월 18일(D+32). 낮. 장례식장 입구의 계단. 김선아가
전의 그 자리에 쪼그려 앉아있다. 담배만 피우지 않을 뿐, 전의 그
모양대로 볕을 쬐고 있다. 이따금 햇볕에 손을 휘저으면서. 그때,
최세민이 죽어버린 화분을 들고나온다. 김선아와 최세민 서로를
발견한다.

**선아**
또 뵙네요.

**세민**
…네.

**선아**
주차장 가서 피울 거예요.

**세민**
네…?

**선아**
담배요.

**세민**

아.

**선아**

어, 근데 그거….

**세민**

아…. 살려보려고 했는데요.

**선아**

아니 이거 준 게 뭐 얼마나 됐다고.

**세민**

썩어버렸어요. 누가 물이 아니라 음료수 같은 걸 줬나
봐요.

**선아**

…팀장님이죠?

**세민**

글쎄요.

**선아**

참, 사람이 치사 하네.

**세민**

진짜 모르거든요.

**선아**

확실해요. 내가 전화 몇 번 했다고 괜히 이러시는 거지.

**세민**

…전화를?

**선아**

네. 이젠 받지도 않으셔서 내가 이렇게 찾아왔네.

**세민**

오늘 쉬는 날이신데.

**선아**

그러게, 나는 또 도망치신 줄 알았지.

**세민**

오셨다고 전해드릴게요. 오늘도 안 하는데.

**선아**

최윤재 님 장례?

**세민**

네.

**선아**

쌤은 누구 편이에요?

**세민**

저요? 무슨… 말씀이신지.

**선아**

그러니까 어느 편이시냐고. 장례를 하자는 편? 아니면
병원장 편. 팀장님은 이제 완전히 병원장 편.

**세민**

아.

**선아**

예.

**세민**

…화분은 죄송하게 됐어요.

**선아**

쌤이 죽인 것도 아닌 것 같은데.

**세민**

…….

**선아**

버리시게요?

**세민**

네.

**선아**

이리 주세요. 버려도 내가 버릴게. 마침 만나서 잘됐네.

**세민**

아니요, 제가…

**선아**

아, 달라는데도.

최세민이 김선아에게 죽은 화분을 건넨다.

**세민**

제가 죽인 걸지도 몰라요.

**선아**

지금 자백해요?

**세민**

…이상한 걸 주지도 않았지만… 물을 준 적도 없어서.

**선아**

어차피 애는 물 많이 주면 안 돼요.

**세민**

아.

**선아**

…오늘은 장례식장이 조용하네요.

**세민**

네, 오늘은 아직 아무도 없어요.

**선아**

그런 날도 있구나.

**세민**

간혹.

285

**선아**

…저번에.

**세민**

예?

**선아**

왜 저번에 있잖아요, 나 혼냈던 날.

**세민**

제가요…?

**선아**

뭘 또 모르는 척을. 그날 나한테 물었잖아요. 왜 오시냐고.

**세민**

…아.

**선아**

나는 그렇게 생각해요. 질문해서는 안 되는 질문도
있다구요. 당연한 것들이요. 답할 필요 없는 것들에
답을 해주려다 보면 비참해져. 그때 쌤이 한 것도 그런
질문이라고 생각했어요. 조문객한테 왜 오시냐니. 그런데
내가 비참하게도 그 질문에 답을 계속 생각해 봤잖아요.

…뭐라도 해야겠어서.

**세민**

……?

**선아**

그게 내 답이에요. 뭐라도 해야겠어서.

사이.

**선아**

가야겠네. 이제 올 일도 없겠고. 볕이 좋네요. 오늘같이
여유 있을 때, 볕이라도 많이 쬐어두세요.

최세민의 울음이 터진다.

**선아**

뭐야, 왜 울어요? 왜 이래. 누가 보면 내가 잘못한 줄
알겠네.

**세민**

그러니까요….

**선아**

어머, 왜 이러실까.

**세민**

그러니까… 뭐라도 해야겠는데요.

김선아의 눈시울도 최세민을 따라 괜스레 붉어진다.

**세민**

죄송합니다.

**선아**

요즘 그렇죠.

**세민**

네?

**선아**

요즘 말이에요. 나도. 툭하면 슬퍼.

사이.

**선아**

앞으로는 조문 온 사람 문전박대하고 그러지 마셔요.

김선아가 죽은 화분을 들고 흡연구역으로 향하려는데,

**세민**

저기요, 그… 교수님.

**선아**

그냥 '뭐뭐뭐 님' 하시라니까.

**세민**

아니… 성함을 잊어서.

**선아**

김선아.

**세민**

아, 네. 김선아 님.

**선아**

네.

**세민**

정말 진심이세요?

**선아**

뭐가요.

**세민**

뭐든 하고 싶으세요? 안치실에 갇혀 계신 그분 위해서요.

**선아**

누가 그랬거든요. 사는 동안도 외로웠을 텐데 죽어서까지
그 찬 데 갇혀 있으니 얼마나 딱하냐고. 아니, 병원장이
뭐라고 하든 그냥 해버리면 되잖아요. 아니, 근데 응?
뭐가 그렇게 곤란한 것들이 많아. 내가 뭐 아주 해서는
안 될 걸 하자고 했냐고. 아니 그쪽 팀장님 말이에요.
노발대발 아주…. 응? 나는 그냥 정말 저 안에 사람이…
그것도 한평생 외로웠던 사람이 갇혀 있으니까, 응? 그게
딱하니까, 같이 뭐 좀 해보자는 거지. 안 그래요?

**세민**

저 혹시.

**선아**

……?

**세민**

오늘 새벽에 바쁘세요?

**선아**

오늘 새벽?

**세민**

우리 장례식장이 일 년에 두 번 쉬면 많이 쉬는 거라서요.

**선아**

그런데요?

**세민**

오늘 같은 날이 귀해요.

**선아**

무슨 말을 하시는 건데.

**세민**

만약에 새벽까지 장례식 하나도 없으면, 해요.

**선아**

…뭐를?

**세민**

뭐겠어요. 최윤재 님 장례.

**선아**

……진심?

**세민**

진심.

## 9장

2014년 5월 19일(D+33), 새벽. 장례식장 6호실. 최윤재의
위패가 제단 위에 놓여있다. 최소한의 불만 켜놓은 공간.
피어오르는 향 앞에 김선아와 최세민이 마지막 절을 올린다.

**선아**

아, 그런데.

**세민**

네?

**선아**

그러고 보니 고인이 교회 다녔다고 하지 않았어요?

**세민**

아… 그거.

**선아**

지도사 쌤, 아무리 몰래 하는 장례식이라지만 너무
대충…

**세민**

(말 자르며)
아니요. 그때 그건 그냥….

293

**선아**

그냥?

**세민**

그냥 괜히….

**선아**

어머, 어머. 어차피 들킬 거짓말을.

**세민**

이제 얼른 치우죠.

**선아**

나한테 또 뭐 거짓말한 거 없죠?!

**세민**

조용히요!

**선아**

쌤 목소리가 더 크네.

최세민이 간소하게 차려진 장례 물품들을 치우기 시작한다.
김선아도 최세민을 거든다. 김선아가 별안간 키득댄다.

**세민**

왜 그러세요?

**선아**

아니, 이거 스릴 있네.

**세민**

네…?

**선아**

어차피 이렇게 텅 비어있을 거 대담하게 1호실에서
하자니까.

**세민**

6호실이 편해요. 제일 따뜻하기도 하고.

**선아**

그러게 바닥이 절절 끓네, 끓어. 자, 이제 어쩔까요.

**세민**

도와주셔야 하는데 괜찮으시겠어요?

**선아**

전문가가 하라는 대로 할게.

**세민**

…화장터로는 못 가는데.

**선아**

그럼 어쩐다.

**세민**

일단 안치실로 가요. 입관부터.

**선아**

잠깐, 잠깐, 잠깐.

**세민**

왜요.

**선아**

아니, 나 갑자기 조금 긴장되네.

**세민**

방금 전에는 스릴 있다면서요.

**선아**

아니, 이건 또 다른 일이니까.

**세민**

그만둘까요?

**선아**

아니지. 그건 아니지. 가자고, 가요. 응? 쌤이 앞장서요.

최세민이 제단 위 마지막 촛불을 손가락으로 끈다. 둘은 어둠 속에
숨어 지하의 안치실로 향한다.

**선아**

근데 다들 안 계시네.

**세민**

관리실 어르신들도 이런 날이 잘 없으니까, 안에서
한잔하고 계시고. 당직은 저 혼자뿐이고.

**선아**

고인 잘 보내드리라고 다들 도와주시나 봐.

**세민**

혹시 주변에 아는 땅 있어요?

**선아**

응?

297

**세민**

화장터로 못 가니 다른 방법은….

**선아**

아.

**세민**

네.

**선아**

일단 차로 어찌 옮길지부터 생각해 봐요. 내가 한적하고
풍수 좋은 땅은 많이 알지.

**세민**

카트가 있어요. 차는 어디에.

**선아**

내가 또 이럴 때 치밀해. 뒷문 쪽에 딱 붙여놨어요.
근데….

**세민**

네.

**선아**

내가 아까 이것저것 찾아보니까… 이게 감옥도 간다고
하더라고.

**세민**

지금, 이 와중에 그런 말을 하세요?

**선아**

아니 알고는 있어야 각오를 하니까.

**세민**

조심히 따라오세요.

**선아**

…후회 안 하겠죠?

**세민**

하겠죠.

두 사람, 안치실 문 앞에 도착한다.

**세민**

어떡할까요.

**선아**

…어떡하긴 열어요.

**세민**

…….

**선아**

뭐 해요.

**세민**

이러려고 꿨나 봐요.

**선아**

응?

**세민**

제가 요즘 좀 산란한 꿈을 꿔서.

**선아**

저기요, 쌤.

**세민**

네.

**선아**

알겠고, 이러다 들켜. 얼른. 일단 고인부터 꺼내고 봐야지.


최세민이 안치실 문을 연다.

**세민**

가장 끝에 계세요.

**선아**

예.

**세민**

이쪽으로.

**선아**

…고생하셨겠네.

**세민**

그러게요.

**선아**

뭐해요, 꺼내자. 얼른.

**세민**

네.

최세민이 최윤재가 있는 안치실 냉장고를 연다.

**세민**

안 무서우세요?

**선아**

솔직히 캄캄해서 잘 안 보여.

**세민**

일단 카트로 옮기고 그다음 염하는 걸로.

**선아**

응.

**세민**

아, 잠시만요.

최세민이 최윤재의 입을 벌리려 애를 쓴다.

**선아**

뭐 하는데.

**세민**

잠시만요.

**선아**

아이고, 참. 됐어요?

**세민**

턱이⋯ 너무 굳어서.

**선아**

얼른.

**세민**

아, 안 되겠다. 찬찬히.

**선아**

아, 나 아직 어디로 갈지 생각 못 했는데.

**세민**

일단 나가고 생각해요.

**선아**

알겠어.

최세민과 김선아가 최윤재를 시신 운반용 카트로 옮기려 한다.

**선아**
너무 무거운데.

**세민**
힘 좀 써보세요.

**선아**
아, 그래. 우리 최윤재 님 잘 보내드리고 맛있는 거 먹으러 가요. 응? 내가 쏠게.

**세민**
일단 힘 좀 더 써서…

우당탕. 최윤재가 바닥으로 떨어진다.

**세민**
어떡해.

밖에서 누군가 "거기 누구야!" 외치고…

**선아**
어떡해, 어떡해, 응? 어떡해, 이거…!

멀리서부터 차츰 불이 켜진다.

**세민**
씨… 망했다.

경비원이 다급히 뛰어 내려오는 소리와 함께 안치실도 환히 불이
켜진다. 쨍한 형광등 아래, 바닥에 널브러진 최윤재와 그 옆에서
어떻게든 수습해 보려는 김선아와 최세민의 당혹스러운 얼굴이
훤히 드러난다.

## 10장

2015년 4월 20일(D+369). 낮. 어느 노숙인 쉼터 근처 공원.
따뜻한 볕 아래, 최세민과 전의 그 조문객이 나란히 앉아있다. 한결
단정한 차림의 조문객은 어째 자기 모습이 영 익숙지 못하다.


####### 세민
저를 기억하시네요.


####### 조문객
그럼. 나를 어떻게 찾았어요?


####### 세민
기분 나쁘실 수도.


####### 조문객
……?


####### 세민
무연고 장례하면 여기저기 전화를 많이 걸어야 하는데요.
이런 분이 들어오셨는데 혹시 아시냐. 가족이나 지인분을
혹시 찾을 수 있겠냐. 고인 영정으로 쓸 만한 사진 좀
혹시 받을 수 있겠냐. …작년에 신고받고 오셨던 경찰분
찾아가 물었어요. 선생님이 고인이 돼서 돌아오셨는데
혹시 성함 아냐고.


306

**조문객**

나를 찾겠다고 나를 죽였어요?

**세민**

…네. 죄송해요.

**조문객**

덕분에 나 오래 살겠네.

**세민**

네?

**조문객**

왠지 액땜이라도 한 기분이랄까.

**세민**

…그런가요.

**조문객**

그래서 경찰이 뭐래요?

**세민**

'아닌데 그분 아닐 텐데.' 그러면서 여기 계실 거라고.
자기가 얼마 전에도 잘 계시는 거 봤다고.

**조문객**

잘 계시긴. 여긴 뭐 이름은 쉼턴데 나한테 바라는 게
너무 많아. 여름만 보내고 나가야지. 그래서 왜 나를
죽여가면서까지 다시 찾았어요?

**세민**

최윤재 님이요.

**조문객**

윤재 씨. 딱한 윤재 씨.

**세민**

얼마 전에 장례 치러드렸대요.

**조문객**

…아, 그랬어. 그랬구나. 거기서 꺼냈구나. 다행이네.
다행이에요.

**세민**

병원장이 원하는 대로 됐어요.

**조문객**

……?

308

**세민**

아, 최윤재 님 병원비요, 누가 익명으로 돈을 냈대요.
병원비, 장례비, 안치실에 머무는 비용까지.

**조문객**

아이고, 윤재 씨 복 터졌네.

**세민**

궁금하신 거 있으시죠.

**조문객**

……나? 아닌데요.

**세민**

저는 궁금한 게 있는데요.

**조문객**

나 정말 금이 탐나서 그런 거 아니라니까요.

**세민**

아, 아니요. 그거 말고.

**조문객**

그럼.

**세민**

최윤재 님 어떤 분이셨는지.

**조문객**

전에 말한 게 거진 다인데.

**세민**

유괴범이었다, 선생님을 살려준 적이 있다…?

**조문객**

그리고 그 금니를…

**세민**

(말 이으며)

선생님한테 주기로 약속했다.

**조문객**

그렇지.

**세민**

그거 말고 다른 거는….

**조문객**

…딱히.

**세민**

아무거라도 괜찮아요.

**조문객**

그럼.

**세민**

네.

**조문객**

뭐 시원한 거 하나 사주면 내가 얘기해줘 볼게.

**세민**

…진심이세요?

**조문객**

쉼터 입구에 가면 자판기 하나 있거든요. 거기 첫 번째
줄에 있는 것들 중에 아무거나.

**세민**

…첫 줄?

**조문객**

맨입으로 말하긴 좀 그렇지.

**세민**

제가 그 금니 가져왔을 수도 있잖아요.

**조문객**

퍽이나 그랬겠다.

**세민**

잠시만 기다리세요.

최세민이 근처 자판기에서 음료를 사 오기 위해 잠시 자리를 비운다. 조문객은 가만히 최윤재에 대해 떠올린다. 선선한 바람이 불어온다. 최세민이 캔 음료 두 개를 손에 쥐고 돌아온다.

**세민**

첫 번째 줄 첫 번째 거, 두 번째 거. 뭐로 드실래요.

**조문객**

첫 번째 거.

최세민이 조문객에게 캔 음료를 건넨다. 조문객은 건네받은 찬 음료를 벌컥벌컥 들이켠다.

**조문객**

허황된 사람이었어.

**세민**

네?

**조문객**

윤재 씨 말이야. 말도 안 되는 상상을 많이 했다고.

**세민**

…예를 들면?

**조문객**

자기가 한번은 피떡이 되도록 맞은 적이 있었는데, 누가
자길 구해줬대. 얼굴도 모르는 사람. 그래서 자기도
그렇게 살기로 마음을 먹었다고. 그렇게 살다 보면 좋-은
세상 올지 또 누가 아냐고. 헤헤. 헤헤는 얼어 죽을.
그렇게 말하고 한 십분도 안 돼서 옆에 있던 아저씨랑
머리채 붙잡고 싸우더라. '어머, 이거 놔-!' 그러면서,
자기가 그 자리 먼저 찾았다고. 싸운 덕에 지구대에
끌려갔지. 근데 또 그 덕분에 한 이틀 따뜻하게 잤다대.
지금 생각나는 건 이게 다인데. 충분한가.

**세민**

…고인의 몸이 이미 한참 굳어버린 상태였어요.

313

**조문객**

응?

**세민**

입이 잘 안 벌어졌어요.

**조문객**

아.

**세민**

전에 제가 실은 냉장고에서 최윤재 님을 몰래 꺼내려고
했었거든요.

**조문객**

그래도 돼?

**세민**

안 되죠.

**조문객**

그런데?

**세민**

뭐에 씌었는지 그랬거든요.

**조문객**

그래서?

**세민**

옮기다가 놓쳐서 고인을 바닥에 떨어뜨렸어요.

**조문객**

큭큭. 윤재 씨 욕봤네.

**세민**

근데 그 와중에 최윤재 님 입에서 뭐가
튀어나왔었거든요.

**조문객**

응?

**세민**

아니, 떨어지면서 어쨌는지 입을 떡 벌리고 있고, 그
옆에는 마치 뱉어낸 것처럼.

**조문객**

뱉어내?

최세민이 주머니에서 금니를 꺼내 조문객에게 건넨다.

**세민**

부디 최윤재 님이 정말로 원하던 일이었길 바라요.

**조문객**

…….

**세민**

그거 정말 얼마 안 해요.

**조문객**

아, 알지. 그냥 나는… 이게 갖고 싶어서.

**세민**

…그게요.

**조문객**

고마워, 정말. 정말 고마워.


사이.


**조문객**

거짓말한 거죠?

**세민**

네?

**조문객**

그거 몰래 막 윤재 씨 꺼내려고 했다는 얘기.

**세민**

저 그 일 때문에 짤렸는데.

**조문객**

진짜?

**세민**

근처 호수에 뿌려드렸대요. 연고를 알 수 없는 분들은
대부분 그리 뿌려드렸어요.

**조문객**

나도 나중에 죽으면 그 쪽한테 갈게요.

**세민**

이미 애저녁에 짤렸다니까요. 그리고 괜찮으시겠어요?
시신 탈취 훼손하는 장의사?

**조문객**

나는 금니가 없어서.

**세민**

이제 가지셨네.

**조문객**

이건 윤재 씨 거고. 그래서 누군지 짐작 가는 사람도
없어요?

**세민**

네?

**조문객**

그… 장례비 냈다는.

**세민**

아… 글쎄요.

조문객이 최윤재의 금니를 두 손으로 꼭 쥐어본다.

**조문객**

윤재 씨, 볕이 좋네.

318

**세민**

네?

**조문객**

볕이 좋다고.

**세민**

아… 다들 볕 타령이네요.

**조문객**

안 그럴 수 있는 날씨인가.

최세민이 그제야 쬐고 있던 볕을 느낀다.

**세민**

그러게요.

## 11장

2015년 4월 16일(D+365). 두 개의 떨어진 공간. 한쪽은 대낮의
유적 발굴 현장이고, 다른 한쪽은 새벽의 공동묘지이다. 이 묘지는
낯선 나라 낯선 동네에 있고, 비가 내리고 있다. 누군가 비석과
비석 사이를 비집고 묘지로 들어선다. 윤지수. 그는 한 손에는
우산을 다른 한 손에는 핸드폰을 쥐고 있다.

**지수**
거긴 몇 시?

**세민**
조금 전에 점심 먹었어.

윤지수는 최세민과 통화 중이다. 최세민은 따사로운 대낮의 유적
발굴 현장 곁에 쪼그려 앉아 볕을 양껏 쬐고 있다. 이따금 햇볕
아래 손을 휘적인다.

**지수**
여긴 새벽.

**세민**
역시 아침형 인간답네. 대단하셔. 안 지쳐? 벌써 일 년이
다 되어가네.

**지수**

안 지쳐.

**세민**

거짓말. 그래, 선배님도 기억나지? 왜 그 우리 장례식장에
갇혀 있던.

**지수**

그럼 알지.

**세민**

알지? 선배였어.

**지수**

엥, 뭔 소리?

**세민**

선배가 최윤재 님 장례비 낸 거 아니야?

**지수**

내가…? 아니, 나 아닌데.

**세민**

정말?

**지수**

정말.

**세민**

그럼 누구지.

**지수**

아, 그때 무슨 교수님이 조문 온다고 하지 않았나? 그분
아니야?

최세민의 옆으로 핑크색 티셔츠 차림의 김선아가 다가온다.

**세민**

교수님이 냈냐고?

김선아가 자기도 영문을 모르겠다는 듯 어깨를 으쓱해 보인다.

**세민**

그분도 아니라고.

**지수**

옆에 있어?

**세민**

아르바이트 시켜준대서.

**지수**

니가 정말로 장례 일을 그만두게 될 줄이야.

**세민**

새삼스럽게. 아무튼 돈 낸 거 누군지 참 자존심도 없다 싶어.

**지수**

덕분에 무연고 그분도 이제야 볕 좀 쬐시겠네.

**세민**

거긴 비 와?

**지수**

어, 어. 정신없이.

**세민**

그러게, 소리가.

윤지수가 저 멀리 서 있는 누군가를 발견한다. 그는 우산도 쓰지 않은 채 서럽게 울고 있다.

**지수**

후배님.

**세민**

어.

**지수**

물어물어 오다 보니 어느새 낯선 나라, 낯선 동네, 낯선 묘지까지 와버렸다.

**세민**

미쳤네.

**지수**

어. 후배님처럼 나보고 미쳤다고 하는 사람도 있었고, 나보고 로맨티시스트라면서 호들갑 떠는 사람도 있었고, 내 등쳐먹으려는 사람도 있었지.

**세민**

그러지 말고 이제는 돌아와. 그만큼 찾아봤으면 됐어.

**지수**

있잖아, 나도 이제 슬슬 포기할까 싶었거든. 그런데….

**세민**

뭐야, 찾았구나.


**지수**

드디어. 내가 정말 여기 왔다고 하니까 엄청 놀라더라고.
처음에는 나한테 잘못된 주소를 가르쳐준 거야.
그다음에는 어느 카페에서 만나자고 하더니 나타나지를
않았고. 그러다 그제야 고백하더라고. 자기 사기꾼
맞다고. 근데 그건 정말 거짓말이 아니래. 자기 가족들
죽은 거. 처음부터 끝까지 거짓말만 하려고 했는데 그게
잘 안됐대.


**세민**

…믿을 수 있어?


**지수**

글쎄. 야, 이제야 제대로 된 사진을 보내줬는데, 어쩌냐 영
내 식이 아니더라고. 후회할 뻔.


**세민**

그럼 돌아와.


**지수**

어찌 그래. 그래도 일단 만나자고 했어. 그랬더니 자기

가족들 있는 데서 만나자고 하더라, 새벽같이. 그래서
찾아왔지.

**세민**

수상해. 새벽부터 약속을 잡는 사람이 어딨냐.

**지수**

일하러 가야 한대. 되는 시간이 이때뿐이래. 그리고 나는
아 얘도 아침형이네 싶어서, 그건 맞네 싶었는데.

**세민**

그 와중에도 맞고 안 맞고를 따지고 있어?

**지수**

지금 저기 있거든….

**세민**

어.

**지수**

근데 저렇게 서럽게.

**세민**

울어?

**지수**

어.

**세민**

…그래도 '야 이 사기꾼 새끼야, 앞으로는 사기 같은 거 치지 마라.' 그 말은 꼭 해라.

**지수**

저리 우는데?

**세민**

그럼 무슨 말을 할 건데.

**지수**

그냥 나도 물어봐 주려고.

**세민**

뭐를?

그때 저 멀리 서글피 울고 있던 누군가가 고개를 들고 윤지수를 바라본다.

**지수**

아, 여기 봤다. 끊을게.

**세민**

저기 선배님.


**지수**

어.


**세민**

항상 조심해.


**지수**

아아, 그럼. 당연하지.


최세민이 전화를 끊는다.


**선아**

이렇게 볕 좋은 날 일을 해서 어쩌나.


**세민**

적어도 밖에 있으니까요.


**선아**

무덤 곁에서 볕 쬐는 기분이 어때요.

**세민**

무덤 얘기 듣기 전까진 좋았는데요.

**선아**

다른 분들 오기 전에 좀 가르쳐줄게요. 내가 하는 거 보고 따라 해봐요.

김선아가 최세민에게 호미 한 자루를 건넨다. 둘은 오래된 무덤의 위로 들어선다. 김선아가 호미로 땅을 긁기 시작한다. 최세민은 김선아의 눈치를 살피며 그에 맞춰 땅을 긁어내기 시작한다. 그렇게 둘은 오랜 시간 동안 켜켜이 쌓였을 흙들을 살살 걷어낸다.

**선아**

알바 분들은 유구 주변만 살살 정리해 주시면 돼요.

**세민**

네.

**선아**

(최세민 쪽을 슬쩍 보곤)
잘하네.

**세민**

여기에도 누가 누워 계시네요.

**선아**

그러게.

최세민이 이내 호미질을 멈춘다.

**선아**

왜, 잘하고 있는데.

**세민**

아, 저도 누굴 찾아봐야 하나 싶어서요. 전에 조문 오셨던 분 얼굴이 갑자기 떠올라서.

**선아**

저기 쌤.

**세민**

네?

**선아**

요령 피우면 시급 제대로 안 쳐줄 건데.

**세민**

합니다, 해요.

**반장**

참 나, 교수님이야말로 설렁설렁이시네.

이번엔 도리어 김선아가 호미질을 멈춘다. 김선아의 상상, 혹은
기억, 혹은 상상이면서 기억 속 2014년 4월 15일(D-1)의 반장이
김선아의 곁으로 찾아와 호미질에 동참한다.

**반장**

너무 한 거 아니야? 나 제주도 간다고 나보고 교수님
몫까지 하라는 건가?

**선아**

반장님.

**반장**

왜요.

**선아**

…….

**반장**

아, 왜.

**선아**

휴가 다시 반납해라. 응? 그러면 안 될까? 여기 너무 일이
많다. 손 하나가 아쉽네.

**반장**

교수님, 걱정 마. 내가 귤 사 올게. 댓 박스로다가 사 올게.
됐지?

새벽의 묘지 한복판에서 한참을 머뭇대던 윤지수는 비로소 낯선
이에게 다가간다.

**지수**

안녕.

낯선 이는 아무 말도 하지 못한다.

**지수**

이제야 이렇게 보네. 안 추워? 비도 오는데.

윤지수가 낯선 이에게 우산의 한쪽을 내어준다.

**지수**

너도 일찍 일어나는 편이었구나. 어때? 나 직접 보니까?
실물이 낫지? 아니야? 니가 할 말은 아닌 것 같은데.

있잖아, 언젠가부터 낯선 시간에 전화가 오면, 내가 심장이 쿵 내려앉거든. 혹시… 어쩌면… 하는 마음이 들고. 그렇다고 연락이 아예 없는 것도 싫어. 그렇게 잠수를 타버리면 어쩌냐. 그럼 내가… 또 혹시… 어쩌면… 그러잖아. 그러니까 내 말은… 너 괜찮냐고. 나도 너한테 그거 물어봐 주려고 왔어. 너, …괜찮아?


낯선 이가 눈물을 훔친다.


**선아**

…반장님.


**반장**

왜요.


**선아**

근데 진짜 안 가면 안 될까.


**반장**

아이고, 교수님 오늘따라 왜 이러실까.


**선아**

농담 아니고. 진짜로. 가지 말라구요. 그냥 여기 계셔.

2014년 4월 16일(D-0)의 바다로부터 파도가 밀려든다.

모두의 발치에 닿는다.

반장이 김선아를 바라본다. 무언가를 알아챈다.

윤지수가 어색하게 팔을 벌려 낯선 이를 끌어안는다.


**선아**

내가 부탁할게.


**반장**

…부탁?


**선아**

들어주셨으면 좋겠어. 소원이야.


사이.


**반장**

어쩔 수 없네.


**선아**

……?


**반장**

소원이라는 데 내가 뭘 어째. 알겠어요.

**선아**

죄송해요.

**반장**

괜찮아. 여행이야 또 가면 되니까.

**선아**

그럼 그렇게 하기로 한 거다?

**반장**

알겠대도.

**선아**

내일 그냥 여기로 오는 걸로. 같이 계시는 걸로.

**반장**

그래.

모두의 발등을 훑어낸 파도, 이내 흩어진다.

**-막.**

이음희곡선

# 시차

ⓒ 배해률 2024


처음 펴낸날 2024년 10월 25일

지은이 배해률

펴낸이 주일우
편집 강지웅
디자인 cement

펴낸곳 이음
출판등록 제2005-000137호(2005년 6월 27일)
주소 서울시 마포구 토정로 222 한국출판콘텐츠센터 210호
전화 02-3141-6126 팩스 02-6455-4207
전자우편 editor@eumbooks.com
홈페이지 www.eumbooks.com
인스타그램 @eum_books

ISBN 979-11-94172-06-2 (04810)
ISBN 979-89-93166-69-9 (세트)

값 19,000원